青 少 年 的 成 功 指 南
父 母 教 导 孩 子 成 才 的 实 用 宝 典

感动小学生的
亲情故事

Gan dong xiao xue sheng de qin qing gu shi

高 格 编著

光明日報出版社

图书在版编目（ＣＩＰ）数据

感动小学生的亲情故事 / 高格编著 . -- 北京：光明日报出版社，2011.6

（2025.4 重印）

ISBN 978-7-5112-1121-7

Ⅰ.①感… Ⅱ.①高… Ⅲ.①儿童文学－故事－作品集－世界 Ⅳ.① I18

中国国家版本馆 CIP 数据核字 (2011) 第 066695 号

感动小学生的亲情故事

GANDONG XIAOXUESHENG DE QINQING GUSHI

编　著：高　格

责任编辑：李　娟　　　　　　　　　　责任校对：一　苇

封面设计：玥婷设计　　　　　　　　　责任印制：曹　净

出版发行：光明日报出版社

地　　址：北京市西城区永安路 106 号，100050

电　　话：010-63169890（咨询），010-63131930（邮购）

传　　真：010-63131930

网　　址：http://book.gmw.cn

E－mail：gmrbcbs@gmw.cn

法律顾问：北京市兰台律师事务所龚柳方律师

印　　刷：三河市嵩川印刷有限公司

装　　订：三河市嵩川印刷有限公司

本书如有破损、缺页、装订错误，请与本社联系调换，电话：010-63131930

开　　本：170mm×240mm

字　　数：195 千字　　　　　　　　　印　　张：15

版　　次：2011 年 6 月第 1 版　　　　印　　次：2025 年 4 月第 2 次印刷

书　　号：ISBN 978-7-5112-1121-7-02

定　　价：49.80 元

 # 前 言

罗素曾说过："亲情是用爱播种、用血灌溉的田野。"亲情之爱是神圣的、博大的，它无处不在，无时不有。它有时奔放，有时又很含蓄。它是人世间最牢固、最深厚的爱，构筑了人类社会爱的基石。

亲情是塑造优秀人格的人生教科书，是激发力量的精神源泉，是滋养心灵的情感雨露。对于成长中的孩子，尤其是对处于身心重要发展阶段的小学生来说，亲情的关爱，对他们的一生将会产生重大的影响。

为了让孩子们能够更好地感受亲情，更深地理解亲情，并把亲情的传统精神毫无保留地传承下去，让我们都生活在爱的氛围中，本书按照情感最动人、文字最优美、故事最精彩、思想最深刻的四个准则，结合小学生的阅读习惯和知识结构，从中外名家名篇中精选真实感人的亲情故事，而后按不同的内容分为："父爱"、"母爱"、"手足之情"和"隔代之情"四大部分。每个精彩故事的结尾均附有专家、老师精心编写的阅读感悟，以帮助小学生读者加深理解，更好地把握故事的精髓，从而品味亲情、思考亲情、分享亲情。

目　录

父　爱

母　爱

手足之情

隔代之情

父　爱

穷人的风骨

....马德

一天，我正要去上课。

突然，有人在背后喊我，声音远远的。我扭过头看去，是一个农民模样的人，但我却不认识他。

他说，马老师，马上就要上课了，我给闺女捎了些钱，麻烦你转交给她。噢，原来他是我们班一个女生的家长。他随即从上衣口袋里掏出一沓钱，当时我并没有太多的在意，只是想着家长尽快把钱交给我，因为上课铃已经响了。

但他迟迟不肯给我，不断地数着他手中的钱。我这才注意到了，那一沓钱最外面的一张是100元，里边有两张20元，还有一张10元，剩下便是厚厚的一沓两元一元的零钞了。他又翻来覆去地数了几遍，嘴里念叨，怎么会少了一张呢。

看着这些零钞，我当时突然有一种哽咽的感觉。十几年前我上高中时，父亲在一个大雪纷飞的冬天给我送钱去，冻得红裂的手心里攥紧的便是类似这样的一堆零钱，甚至里边夹杂着旧版的分纸币。而今天的这一堆零钱当中，可能也有省下的柴米油盐的钱，可能也有父母得病了舍不得吃药的钱，也许有几块钱是刚刚卖了鸡蛋得来的，甚至有的还是借别人的，上面尚留有别人的余温。可现在，他都给他的女儿拿来了。

我问，少了多少呢?

5元。家长有些捶胸顿足。嘴里不停地说，走的时候，我明明凑够了的,怎么会少了呢? 这要怎么办? 这位父亲显然有些着急了。

我说不要紧，就这样先给了我吧。家长有些迟疑，但最终还是给了我。后来，家长走了，一边走，一边还不断地上上下下摸自己的衣兜，寻找他那不知遗失在何处的 5 元钱。

那节课，我上得不好，脑海中总是浮现着家长找钱的着急样子，鼻子酸酸的。下课后，我也没有把钱给我的学生，而是直接回到了办公室。

在搭上自己的 5 块钱后，我把所有的零钱都换成了整钞。给我的学生的时候，我也只是轻描淡写，简单地告诉这是她父亲捎来的，学生点了点头便走了。

我深知那一堆零钞的重量。我不想把它压在我的学生稚嫩的双肩上。我知道，我这样做实际上也并没有改变什么，但我似乎只能做到这一点。

我以为这个事就这样过去了。不料一天上午，这位家长又找到我，有些局促不安地从兜里掏出了 5 元钱递给我。并说：闺女前些日子写信给我，说我这次给她捎来的钱有些不一样，因为她从来没有收到过家里这么齐整的钱，读完信后，我便猜出了事情的原委，并且感觉到你肯定垫进去了几元钱，所以我今天给你送来了。

我百般推辞，我说 5 元钱的事，就算了吧。但家长却极认真的样子，半天推搡过后家长突然好像生气了，一把把那 5 元钱塞到了我的手里。简单的几句客气话之后，便一扭头走进深秋的风里。

我突然想起了我那位可爱的学生，作为贫穷人家的子女，她竟然知道贫穷人家的钱是什么样子的，我更喜欢这样的父亲，因为他知道贫穷的风骨是什么。

这个世界穷人不少，但能够高擎自己的灵魂活着的人不多。很多的人常常因为很可怜的一点利益而丢失自己最可宝贵的东西，从而使缺少精神之钙的虚弱身体在这个世界猝然跌倒。

活出人的尊严

故事中的父亲虽然不富有，他甚至不能给女儿一些平整的钱，但他却有着高贵的尊严，即使仅仅是5元钱，他也不愿意欠下。有这样的父亲，一定能够培养出有自尊自爱的儿女，而一个能够高擎自己灵魂的人，就算他的物质生活再贫困，他也会拥有一个富足的精神世界。

尊严对人来说实在是个奇妙的东西，它可以让一部分人置生死于不顾，但也有一部分人觉得它一文不值。不管怎么说，我总觉得作为一个人，或多或少都是有尊严的，无论是谁，无论在什么样的情况下，尊严永远都是流淌在我们心中的血，它居住在灵魂的最高处，神圣且不可侵犯。尊严不需要施舍，更不需要怜悯，尊严需要的是真诚相助。

在第二次世界大战的时候，有一个法国乡下老头，看到有饥饿的难民经过的时候总会对他们说："能帮我把院子里那堆木材搬进去吗？我用食物作为报酬，年纪大了，搬不动了，唉！"于是难民会很乐意帮他这个忙，而且还可以得到一顿丰盛的食物。当下一个难民经过的时候，老头又会要求他把木材搬出来，如此反复。其实老头的木材并不需要搬动，但他需要用搬动木材这种方法来帮助逃难的人们，只有这样才能不伤害他们的自尊。这是一个如此聪明和善良的老头，而且还很可爱。

我们都要做一个有尊严的人，而且也要做一个懂得如何去维护他人尊严的人。

一个父亲的箴语

....马德

孩子，有些话，在你成长的过程中，我要和你说说。

昨天你哭哭啼啼地告诉我，说一个同学又和你闹别扭了，你说事情本来不怪你的，是同学做得太过分。

爸爸笑了。

依爸爸的经验，一个人要赢得另一个人很容易，那就是要学着吃亏，孩子，这个世界上没有人喜欢爱占便宜的人，但所有人都喜欢爱吃亏的人，你想着吃亏的时候，就会赢得别人，那个懂得以更大的吃亏方式来回报你的人，是你赢得的朋友。

孩子，人生的每一次付出，就像在空谷当中的喊话，你没有必要期望要谁听到，但那绵长悠远的回音，就是生活对你的回报。

你拿着一个高远的玻璃杯，跳上跳下，一个杯子碎了以后，就永远地不能再复原了。更重要的是如果你把握不好，它还会划破你的手指，让一些伤痛永远留在心里。

孩子，婚姻就像是这样一个精美的杯子。开始的时候，你不要被它外在的光怪陆离所迷惑，你要审慎地去筛选和把握。再后来，你对待它的态度就非常重要，一个结实的杯子是呵护出来的，你用爱去细细擦拭，它就会释放出永久的光泽。

那一次，让你出去买醋，本来给你一个硬币就够了，爸爸多给了你几个。爸爸发现，你出门的时候，把多余的硬币放进了写字台的一个角上。那一刻，爸爸装作没看见，但你不知道，爸爸的内心

是多么高兴。

孩子，人生的许多东西是多余的，比如我，比如欲望，比如名声，更多的时候，得到你该要的该有的就够了，就像现在，拿走一个硬币，剩下的在你心里淡淡地忘掉。

爸爸想说的是，因为你的舍弃，你豁然开阔的眼界里，将会发现人生中更多更多的风景。

爸爸在乡下教书的那一年，咱们家的日子过得窘迫。爸爸没钱给你买玩具，你找来许多塑料袋，在一个塑料袋里盛满水，用针扎破了，然后你看着细细的水流向另一个袋子，然后再换一个袋子，你玩得很快乐。

或许，很小的时候，你就学会了在简单的生活中寻找快乐。不错的，孩子，生活中有些东西不容易改变，但容易改变的是人的心情。孩子，即使你一生中什么也没有抓住，但抓住了快乐，你依旧是天底下最富有的人。

爸爸给你讲个故事。

你爷爷有个朋友是做大买卖的人，有一年他把二十几个村庄的账收起来，用纸包好了放在家里，他说他要到别的村子里去，他就一屁股走了。结果，一连多少年，再没有了他的消息，爸爸上学的时候，你爷爷的肺病已经很厉害了，家里一贫如洗。

好几次，你奶奶提到那个账包的事情，你奶奶的意思是挪用一下，缓一缓家里的情况，你爷爷一瞪眼，说："人家凭什么敢把这么多钱放在咱家里？说明咱的人比他的钱值钱！"

孩子，你爷爷临死时，还是一个穷人，但他是一个响当当的穷人，爸爸把这个故事讲给你听是希望你明白，一个穷人应该以怎样的风骨在这个世界站立。

如何做人

这位父亲对孩子的教导足以让我们每一个有幸读到它的人都受益终身。父亲对孩子说，要赢得一个人很容易，就是要学着吃亏。

的确，郑板桥曾经也说过：吃亏是福。我们都觉得吃亏不好，其实仔细想想，"吃亏是福"还是有一定道理的。吃亏，虽然意味着舍弃与牺牲，但也不失为一种胸怀、一种品质、一种风度。或许只有这些不怕吃亏的人，才会在一种平和自由的心境中感受到人生的幸福。

父亲还告诉孩子，要淡泊名利，不要被那些世俗的东西牵绊住前进的脚步。淡泊名利，其实是一种宽阔的胸怀，是超然尘俗、直追人生真谛的积极态度。淡泊名利了，你就会拥有一个好的心境，天雨人悲、月黯神伤的困惑便会离你而去。无论何时，只要没有了名利的困扰，你就会平平淡淡、开开心心。做到淡泊名利，你会感受到人生的美好和生活的温馨。

从简单中寻找快乐，这也是父亲对孩子的忠告。我们总是在追求成功和卓越，其实结果并不重要，最美丽的是奋斗的过程。我们的生命可以平凡，但不能平庸。只要努力奋斗过，只要懂得从简单中寻找快乐，无论是平凡还是伟大，我们的生活都可以多姿多彩，都可以幸福快乐。

最后的礼物

苡蓉

那是几年前的事了，那时，我还在一家医院里做医生。我主管的12床是位姓李的工程师，在他的床号卡片上写着"肝癌晚期"。我没有过多地去关注他，因为我知道我的一切努力都是枉然，何况还有更多的病人需要我去为他们解除病痛，恢复健康。

半月以后，我在为李工做腹水穿刺时，发现腹水已经呈血性。做完穿刺我暗示李工的妻子随我来到办公室，我用医生惯有的冷静口吻告诉她："一般在发生血性腹水后患者的生存期不会超过两个月，请你做好思想准备。"李工的妻子一下子呆了，然后哭着哀求我，希望我无论如何要帮李工熬到7月9日以后，因为他们唯一的女儿今年高考。我充满同情地看着她，答应会尽全力去做。

然而李工的病情仍在继续恶化，持续的癌性疼痛以及因腹水不断增多而导致的难以忍受的满胀感，把早已不成人样的李工折磨得大声呻吟。李工的妻子每隔两三天便跑来找我："陈医师，为老李抽腹水吧，看他那样子，我实在受不了。"

有一天，当李工的妻子第6次找到我，我只好对她说了实话："照目前李工的这种情况，如果频繁地抽腹水，只会加速他的死亡。"李工的妻子缄默了，好一会儿，才低低地吐出一句话："那就不抽吧。"然后，她转过身去，佝偻着身体，蹋蹋地向病房走去。我注视着那个憔悴而沉默的背影，直到那一刻，我才真正体会到，在她那干瘦的身体里承受了多么深的悲伤！

这以后，李工的妻子再也没有提出要我去为李工抽腹水，甚至连李工的呻吟也少了。只是，有一天，护士小余对我说："今天我给 12 床换床单，发现 12 床的垫絮都被他扯掉了好大一块。"

李工 17 岁的女儿并不了解父亲的病情已严重至此，她满怀感激地对我说："苏蓉姐，谢谢你关照我爸爸，我一定会考上大学的，到时，我爸爸就会很高兴，他的病也会好得快一些。"她说这话的时候，语气里竟充满了喜悦，这个单纯的女孩始终坚信她父亲的生命会像星星之火，重新燃烧。

然而，死神的脚步却越逼越近。6 月 13 日上午，李工第一次出现肝昏迷，我们全科医务人员当即投入到紧张的抢救工作中。李工的妻子始终握着丈夫的手，不断地重复着一句话："她爸，为了我们的女儿，你要活着。"两天后，李工终于醒了过来，李工的妻子将脸偎近丈夫的头，泪如雨倾。

此后，李工又出现过两次肝昏迷，可每一次他都奇迹般地醒了过来。而在李工发生肝昏迷期间，为了不影响女儿的临考心理，李工的妻子执拗地不再允许女儿来病房探望她父亲。

在我们的无声祝福中，李工终于熬到了 7 月 9 日。那天，碰巧我休班，在医院门口，正欲外出的我遇见考完最后一门课的李工的女儿，她高兴地告诉我："苏蓉姐，我考完了，考得很好，我爸爸的病也会好的。"她蹦跳着急于要跑去告诉她父亲这个好消息。我站在那里，不知为什么突然喉头发紧，心里悲哀到极点。一丝不祥的预感深深地箍紧了我，我转身快步向病房走去。站在病房门口，我清楚地看见李工早已混浊的眼睛变得明亮起来，一滴清澈的泪水从他多皱的眼角流淌出来，他定定地看着女儿，艰难地牵动着唇角，笑了。当天午夜，李工再一次进入昏迷状态，一直不安地守在病房的我和值班医师当即对他进行抢救，我们尽了最大的努力。三天后，李工终于放弃了最后的挣扎，永远离开了人世……

12床就这样空了，我也再没有那对母女的消息，但我相信，她们一定会好好地活着，因为那位坚强的父亲在他人生最后时刻，还送了女儿一份珍贵的礼物，让她读懂了生命的真谛。

生命的真谛

生命的真谛是什么？是用金钱铺就的富贵，还是用鲜花堆积的辉煌？不是，都不是，生命的真谛是坚强面对挫折时永不放弃的勇气，是一种历经艰险而百折不挠的精神。

文中的父亲为了女儿，咬牙挺过了死神一次又一次的袭击，只为女儿能够安心地参加高考。这是一种怎样坚强的精神，这是一种怎样顽强的毅力！当一个人生命的脚步变得缓慢而沉重时，他也许已经走到了生命的尽头。在他的心中，一定充满了对这个世界的留恋以及对亲人的无限牵挂。当一个被病魔疯狂折磨许久的病人执着地不肯随着死神离开时，你知道唯一合理的解释是什么吗？也许是他对另一个人的牵挂吧，是心底最深处那份沉甸甸的爱！

当父亲最后一次看到心爱的女儿时，眼角那亮晶晶的泪珠说明了一切，他终于可以放心地离开了。相信女儿一定能够明白父亲坚强背后的支撑，在未来的日子里，即使她遇到再难的事情，她也一定不会轻易放弃，因为她的父亲曾经用生命来告诉她：坚强，才能铸就成功的人生！

如此深厚的父爱，让我们的心禁不住为之颤抖！其实我们每个人都拥有如此厚重而宽广的父爱，只是你经常习惯性地把它忽略了而已。将这份爱深深地铭记在心，在你消极落寞的时候，相信它能够赐给你前进的力量！

奇迹的名字叫父亲

··叶倾城

1948 年，在一艘横渡大西洋的船上，有一位父亲带着他的小女儿，去和在美国的妻子会合。

一天早上，父亲正在舱里用腰刀削苹果，船突然剧烈地摇晃起来，父亲不慎摔倒时，刀子扎在他的胸口。整个人全身都在颤，嘴唇瞬间乌青。

六岁的女儿被父亲瞬间的变化吓坏了，尖叫着扑过来想要扶他，父亲却微笑着推开女儿的手："没事，只是摔了一跤。"然后轻轻地拾起刀子，很慢很慢地爬起来，不引人注意地用大拇指揩去了刀锋上的血迹。

以后三天，父亲照常每晚为女儿唱摇篮曲，清晨替她系好美丽的蝴蝶结，带她去看大海的蔚蓝。仿佛一切如常，而小女儿尚不能注意到父亲每一分钟都比上一分钟更衰弱、苍白，他远眺海岸线的眼光是那样忧伤。

抵达的前夜，父亲来到女儿身边，对女儿说："明天见到妈妈的时候，请告诉妈妈，我爱她。"

女儿不解地问："可是明天就要见到她了，你为什么不自己告诉她呢？"

他笑了，俯身在女儿额上深深留下一个吻。

船到纽约港了，女儿一眼便在熙熙攘攘的人群里认出母亲，她喊着："妈妈！妈妈！"

就在这时，周围忽然一片惊呼，女儿一回头，看见父亲已经仰面倒下，胸口血如井喷，霎时染红了整片天空……

尸解的结果让所有人惊呆了：那把刀无比精确地洞穿了他的心脏，他却多活了三天，而且不被任何人察觉。唯一可能的解释是因为创口太小，使得被切断的心肌依原样贴在一起，维持了三天的供血。

这是医学史上罕见的奇迹。医学会议上，有人说要称它为大西洋的奇迹，有人建议以死者的名字命名，还有人说要叫大神迹……

"够了。"那是一位坐在首席的老医生，须发俱白，皱纹里满是人生的智慧，此刻一声大喝，然后一字一顿地说："这个奇迹的名字，叫父亲。"

生命的奇迹

不管你是否相信，这个世界上真的有奇迹存在着。或许在你的印象中，奇迹太过神秘而离奇，永远无法预料，永远不可捉摸。但是，奇迹确实会发生在我们身边：矿工在坍塌的井下被埋了多日最后生还叫作奇迹，还有那些散发着神秘之光的建筑物，比如金字塔，比如兵马俑等等，都可以说是奇迹，人类建筑史上的奇迹。

读罢这个故事，相信你也一定同意把这个奇迹的名字命名为父亲。或许连医学都无法解释为什么一个人的心脏被刀刺破之后，在没有采取任何医疗措施的情况下，还可以让一个生命维持三天，但事实就是这样，所以除了用"奇迹"二字来命名，我们几乎无法找到其他合适的词汇来表达心中的那种感动和震惊。为什么会有这样的事情出现？在故事的最后，那位老医学家的话把我们从内心深深震撼了，因为那位父亲深爱着自己的小女儿，因为他不忍心把女儿一个人丢在船上，因为他要看到女儿安全地回到妻子身边，因为……归根结底，只因为他是一个父亲！毫无疑问，是"父亲"这个伟大的称号让他支撑了生命中最沉重的三天。所以，这个奇迹唯一的名字只能是——父亲！

我们的生命因为爱而充满了感动，在感动之余，我们是否应该想想自己如何做才能对得起父亲这深深的关爱？

天底下最伟大的父亲

································里斯·纳尔松 著 杨柳岸 编译

从记事起，布鲁斯就知道自己的父亲与众不同。父亲的右腿比左腿短，走路总是一拐一拐的，不能像其他小朋友的父亲那样，把儿子顶在头上嬉戏奔跑。父亲不上班，每天在家里的打字机上敲呀敲，一切都显得平淡无奇。布鲁斯很困惑，母亲怎么愿意嫁给这样的男人并和他很恩爱呢？母亲是个律师，有着体面的工作，长得也很好看。

小的时候，布鲁斯倒不觉得有个瘸腿的父亲有何不妥。但自从上学见了许多同学的父亲后，他开始觉得父亲有点窝囊了。他的几个好朋友的父亲都非常魁梧健壮，平日里忙于工作，节假日则常陪儿子们打棒球和橄榄球。反观自己的父亲，不但是个残疾人，没有正经的工作，有时还要对布鲁斯来一顿苦口婆心的"教导"。

像许多少年人一样，布鲁斯喜欢打橄榄球，并因此和几位外校的橄榄球爱好者组成了一个队伍，每个周日都聚在一起玩。那个周日，和往常一样，布鲁斯和几个队友正欢快地玩着，突然来了一群打扮怪异的同龄人，要求和布鲁斯他们来一场比赛，谁赢谁就继续占用场地。这是哪门子道理？这个球场是街区的公共设施，当然是谁先来谁用。布鲁斯和同伴们正要拒绝，但见其中两个将头发染成五颜六色的少年面露凶光，摆出一副不比赛你们也甭玩的样子。布鲁斯和同伴们平时虽然也爱热闹，有时甚至也跟人家吵吵架，但从不打架。看到来者不善，他们勉强点头同意了。

比赛结果，布鲁斯他们赢了。可恶的是，对方居然赖着不走。布鲁斯和同伴们恼火了，和一个自称头儿的人吵了起来。吵着吵着，

对方竟然动手打人。一股抑制不住的怒火像火山一样爆发了，布鲁斯和同伴们决定以牙还牙。

争斗中，不知谁用刀子把对方一个人给扎了，正扎在小腿上，鲜血淋淋，刀子被扔在地上。其他同伴见势不妙，一个个都跑了，就剩下布鲁斯还在与对方厮打，结果被闻讯而来的警察抓个正着，于是布鲁斯成了伤人的第一嫌疑犯。

很快，躲在附近的布鲁斯的几个同伴也相继被找来了，他们没有一个承认自己动了手。事情也几乎有了定论，伤人的就是布鲁斯。虽然对方伤势不重，但一定要通知家长和学校。布鲁斯所在的中学以校风严谨著称，对待打架伤人的学生处罚非常严厉。布鲁斯懊恼不已，恨自己看错了这些所谓的朋友。然而，布鲁斯越是为自己辩解，警察就越怀疑他在撒谎。

一个多小时以后，布鲁斯的父母和学校负责人在接到警察的电话通知后陆续赶来了。第一个到的是父亲。布鲁斯偷偷抬眼看了看父亲，马上又低下了头。父亲显得异常平静，一瘸一拐地走到布鲁斯面前，把布鲁斯的脸扳正，眼睛紧紧盯着布鲁斯，仿佛要看穿他的灵魂。"告诉我，是不是你干的？"布鲁斯不敢正视父亲灼灼的目光，只是机械地摇了摇头。

接着校长和督导老师也来了，他们非常客气地和布鲁斯父亲握手，并称他为韦利先生。父亲不叫韦利，但韦利这个名字听上去很熟悉。

布鲁斯的父亲和校长谈了一会儿后，布鲁斯听见父亲对警察说："我养的儿子，我最了解。他会跟父母斗气，会与同伴吵嘴，但是，拿刀扎人的事他绝对做不出来，我可以以我的人格保证。"校长接口说："这是著名的专栏作家韦利先生，布鲁斯是他的儿子。布鲁斯平时在学校一向表现良好，我希望警察先生慎重调查这件事。有必要的话，请你们为这把刀做指纹鉴定。"

父亲和校长的那番话起了作用。当警察对布鲁斯和同伴们宣布

要做指纹鉴定时，其中一个叫洛南的终于站出来承认是自己干的。那一刻，布鲁斯抑制不住的泪水夺眶而出，第一次扑在父亲怀里，大哭起来。此刻的他，觉得父亲是如此的伟岸。哭过之后，母亲也赶来了。布鲁斯迫不及待地问母亲："爸爸真是那位鼎鼎大名的作家韦利吗？"母亲惊愕了一下，说："你怎么想起这个问题？"布鲁斯把刚才听到的父亲与校长的对话告诉了母亲。

母亲微笑着点了点头："这是真的。你爸爸曾是个业余长跑能手。在你两岁的时候，你在街上玩耍，一辆刹车失灵的货车疾驰而来。你被吓呆了，一动不动。你父亲为了救你，右腿被碾在轮下。你父亲不让我透露这些，是怕影响你的成长，也不让我告诉你他是名作家，是怕你到处炫耀。孩子，你父亲是天底下最伟大的父亲，我一直都为他感到骄傲。"

布鲁斯激动不已，他没料到，自己引以为耻的父亲，曾经被自己冷漠甚至伤害的父亲，会在自己最需要的时候，给予自己无比的信任。他知道，从扑到父亲怀里大哭那一刻，自己才真正明白父亲的伟大。

父爱的伟大之处

看到故事的最后，我们知道布鲁斯是个幸运的孩子，因为他有一个如此棒的父亲。虽然从上学开始，布鲁斯就不再喜欢他的父亲了，他觉得父亲的瘸腿让他难堪，而且父亲也没有一份体面的工作，还时不时地"教导"他一番。直到他和别人打架被警察误会之后，父亲说出的那番话才改变了他长期以来的看法。原来父亲是如此的伟岸，他为自己曾经龌龊的想法懊悔不已。从那个时刻开始，他不再讨厌父亲，而是从父亲那里学来了或许一生都学不到的东西：身体的缺陷算不了什么，只要能有所作为，就会获得别人的尊重。

父亲之所以残疾，是因为不顾生命危险去救自己的儿子，父亲

之所以隐瞒自己的职业，是担心会滋长儿子的虚荣心。为了儿子的健康成长，父亲可以说是忍辱负重了好多年。我想任何一个父亲都可以做到这些，因为在他们的眼里，儿子的生命比自己的要重要，而儿子的健康成长则更是一件不容忽视的事情。

父亲的伟大从来不在于能给孩子留下多少的物质财富，而是能为孩子留下一种精神，一种在任何困难面前都永不放弃的精神。这样的精神一定会对孩子以后的成长产生不可估量的影响，也只有具备这种精神的人，才能更接近成功。

能拥有一个这样的父亲，应该感到由衷的高兴和自豪。我们不要再去抱怨与父亲的种种矛盾点，而是应该努力去学习他生命中最闪光的那一部分。

从爱到爱的距离

墨尘缘

10 岁

父亲是那种沉默寡言的男人，除非喝了酒。

她记得，她是从 10 岁那年开始恨父亲的。那年，父亲喝多了酒，狠狠地打母亲，她和弟弟在一边看着，幼小的心里，细细密密地织满了仇恨，并蔓延到身体的每一个毛孔。

父亲是村委会主任，在普通的老百姓眼里，大大小小也算是个官了。但在她眼里不是，她看了很多书，知道有上一级的领导，知道有比父亲大得多的官。所以，她看不上父亲在村里的举止，别人一点小事，他就拿架子，说："啊，这是个原则问题，这是个党性问题。"

她在日记里写道："我的父亲是个什么也不懂的村委会主任，我恨他。"

父亲嗜酒，村里人家每每有大事小事，总会喊父亲过去帮忙。这种事情他还是比较热心的。喝了酒之后的父亲，常常和村里人坐在一起，红着眼睛猜拳。她看不懂，但有一点她知道，那是一种很令人讨厌的活动。

父亲也请乡里的大小领导在家吃饭，母亲便忙里忙外地伺候。她看不惯那些人，隐隐觉得那些人就是来破坏她的生活的，让她写不成作业，看不进去书。

她想，长大后，自己绝对不会做父亲那样的人。

所以，幼小的她便学会了顶嘴，学会了伶牙俐齿地还击。久而

17

久之，形成了习惯，每当父亲说是，她便想尽理由说不，说到父亲无言。彼时，他会狠狠地瞪她，说："看我打你。"她会倔强地抬起头，看他的眼睛，但总是在三四秒钟后败下阵来——父亲的眼神里面，有她看不透的东西，也有一种令人害怕的权威。

邻居对父亲说："你这个闺女厉害，从小就这么会讲理。"父亲狠狠地说："不成材的东西，就会顶嘴。"

她暗暗听到，更觉难过，也更恨他。

18 岁

她在城里的高中上学，每个星期或两个星期回家一次。

父亲依旧在村里做着村委会主任，每次回到家，都能看到他陪着下乡的干部喝酒。这种情形，往往让她厌恶地走到一边。她宁愿坐在小屋里想心事，也不愿意看到那屋里的场景和父亲有点献媚的笑容。

她更加心疼母亲，这个小女人，从来都是父亲的附庸，不大声说话，言听计从。

那个时候，她心里隐隐会想到自己的以后，自己决不会像母亲那样，找一个这样的男人：为了一点小事，请人吃饭；气不顺的时候，拿自己家里的人撒气；在外面，永远是一副好人的模样。

于是，星期天的时候，她借口学习忙不回家，除非没生活费了，去家里拿一次，但她都是张口向母亲要。对于父亲，她很少说话。父亲也很少为了一件事而说她了。如果母亲不在家，她就找借口出去，到同学家里，避免和父亲单独在一起。

有时候，父亲到城里来公干，也会到她学校里看看她。他在传达室那里等着，半天的工夫，总是能与传达室的那个看门老头聊得火热。她慢慢从教室出来，走到那里，淡淡说一句："来了，爹？"

父亲会回过头来看看她，眼睛里没有亲切，只是平淡地答一句，回过头去继续跟老头聊点儿话尾，完了之后才转过身来对她说："你妈说让我来看看你，一切都好吧？"

到底是自己的母亲，母女连心。父亲这次来，恐怕是母亲千叮咛万嘱咐才来的吧。她想起母亲在她每一次回家的时候，都在自家的门口向她来的方向张望，心里一酸，眼睛有些湿。

这时，她看到父亲的眼睛紧盯着自己，便又低下头应一声。

"那你就好好学习。"父亲的话还是很简单，他心里是没有这个女儿的，她想。看他蹬上车子，然后热情地同老头儿打招呼，看她一眼，就走了。

有时，父亲会带点儿钱给她，说是母亲让带给她的，她更感激母亲。她在日记里写道："父亲有点虚伪。"

接到录取通知书后，她拿给母亲看，母亲激动得将手擦了又擦，又将通知书拿给父亲看。她注意到父亲脸上的变化，这对于他来说，或许是一个成功的标志，起码值得他拿去炫耀一次。她隐隐觉得，父亲的嘴角有点抖，说了句："真是的。"

她不明白父亲话里的意思。接下来的几天里，父亲将乡亲们聚在一起请吃饭，邻居又说："你看，你这闺女真有本事。"她期待父亲能说几句夸她的话，但是他只是笑了两声。她有点失望。

走的时候，父亲送她到城里坐车。临上车时，他对她说："上车别多说话，到地方后马上打电话过来，你娘想你。"

她狠狠地咬嘴唇，女儿是娘的心头肉，怎么能不想呢？

27 岁

大学毕业后，她留在了省城，在一家小公司上班。男朋友是另一个城市的，大学同学。

　　她结婚时，父亲坚持要男方从家里娶亲，她有点生气。男朋友的家里并非权贵，还要找车，还要跑近二百公里的路程，她试着与父亲商量，却一点商量的余地也没有。父亲是保守的，相信一贯的传统，女儿家，就要从家里出嫁。

　　她说不通父亲，只好与男友商议，男方家里倒也爽快，男友说："只不过是多花些钱罢了。"

　　成亲那天，她一早就听到父亲起床，接待乡亲们。她一个人躲在屋里，有村里以前的小姐妹进来，笑着同她闹，喜气很快在小房间里漫开来。等到她上车的时候，却看不到父亲，母亲将她送上了车，她哭得泪人一样。上了车，她悄悄地问坐在车上的弟弟："咱爹呢？"

　　弟弟的回答让她吃了一惊，他说："咱爹去屋后了，你出门的时候，我看他抹着眼泪走的。"

　　她心里一酸，父亲从来没在她面前掉过泪。

　　按乡里的规矩，新娘子上了车，是不准再下车的。她觉得难过，却没有下车。出村的时候，远远地，她看到屋后，父亲蹲在那里，身影很单薄，伸手在脸上抹了一把，似乎在擦泪。她的心有些疼，但很快，车子远行，将那个背影落得很远了。

　　新婚的日子，很快乐。回家的日子，毕竟是少数。每一次往家里打电话，接电话的总是母亲。有时，母亲也将电话给父亲，说："孩子的电话，你也接一下。"

　　父亲接过电话，两边往往都会有一两秒的沉默，这种沉默是尴尬的。父亲总是会说那两句："工作还好吧？生活还好吧？"她在这边说："好。"听着父亲越来越苍老的声音，她往往会觉得心酸。

　　闲下来的时候，她在日记里写道："父亲老了，我长大了。还记得自己曾经恨过他，只是每一次看到他又多了白发的时候，便忍不住地想，哪一根是由于思念这个不在身边的女儿而变白的呢？"

32 岁

弟弟也上了大学，家里的田也少了。秋后，父亲打电话，说要到城里来，看看她和小外孙。

丈夫出差去了，她一个人在家。本来说好是上午的车，可是到了中午，父亲还没来。她将孩子放到邻居家，去车站接父亲。刚走到车站，听说一辆出租车撞倒了一个乡下人。她猛地惊呆了，拼命地向出事地点跑过去，眼泪不由自主地涌出来，哭喊着跑到那里，见围了一群人，她不顾一切挤进人群。出租车前坐着一个乡下人，正在那里同司机讨价还价。

见她哭着挤进来，那司机和乡下人都怔住了。她哭着哭着，便笑了起来。众人都看她笑话，说："这个女人怎么了？"她顾不得，挤出人群，正好看到了一边的父亲。

"爹，你怎么了？你没事吧？"她擦了擦脸上的泪说。

父亲笑得有些不好意思，举一举手里的礼品说："转了一上午，想不起来买什么礼品，也不知道小外孙喜不喜欢。"看着父亲手里大大小小的许多包，她又笑了，说："爹，你还买什么礼物？"心里酸酸的，看父亲有点拘谨地笑着，她忍不住想哭着抱抱他。

走在街上，阳光从身后照过来。从什么时候起，父亲的腰也变得佝偻起来了？以前的他可是很刚强的一个人呢。过马路时，父亲小心地躲着身边的车，眼睛却看着她，嘴里说着："小心，你看你，走路怎么不看车呢？"她说："城里人不怕车，就像乡下人不怕狗一样。"

父亲笑了，眼角的皱纹在瞬间拧成了绳。

父亲看到小外孙，也像个孩子一样，将小外孙抱在怀里亲了又亲，说："姥爷最疼你，只疼你一个。"眼睛里的疼爱，像是要溢出来一样。

她有些愣怔，往事如粉尘一样散开来：记得在小时候，父亲也是这样将她抱在怀里，说疼她，用带胡子的下巴扎她的脸……她觉

得心酸，想起以往的种种，想起母亲对她唠叨说父亲半夜起床，说是做的梦不好，非要母亲打电话给她，他自己总不好意思打过来。母亲对她说："你爹想你，但总是要推到我身上。"

泪当时就落下来了，她借口准备饭，跑到厨房去。在那里淘着米，眼泪却不住地流下来。晚上，她在日记里写道："从爱到爱的距离，是忽然间的发现，是自己的父亲，还有那从不说出口的关怀。"

爱 的 距 离

大家都熟悉泰戈尔的一句诗："世界上最遥远的距离，不是生与死，而是我就站在你面前，你却不知道我爱你。"爱的距离，究竟要穿越多少个轮回，才能真正懂得，才能真正明白？

从10岁的时候，女孩就开始讨厌父亲，讨厌父亲说话的语气，讨厌父亲做事的方法……由于父亲的形象在她的心中已经毁于一旦，所以她几乎讨厌父亲的一切。她喜欢和父亲顶嘴，天生的伶牙俐齿经常让父亲无言以对。此时的她便有一种胜利的喜悦，年幼的她又怎么能够理解父亲的苦心。随着时间的流逝，长大的女孩更不愿意和父亲交流，她倔强地以为父亲也从来都不关心她。直到出嫁的那天，父亲单薄的身影和抹泪的动作才让她的心里泛起了丝丝的难过。成年之后的她渐渐明白了父亲对她的爱，是那么深沉，又是那么含蓄。当她以为出车祸的是父亲时，她汹涌而出的泪水恰恰证明了她对父亲的爱原来也是如此深厚，只是自己不知道而已。

为什么我们总是等到长大以后才能了解父亲疼爱我们的心，为什么总是在伤过他的心之后才知道去珍惜？如果我们早一些明白父爱的温暖，又怎么会把爱的距离拉开几十年？父爱犹如一种珍宝，它的价值无法用任何东西衡量，它会永存在世上，会让我们刻骨铭心般地记住它。不要等到快要失去时才懂得父爱的珍贵，在生命中的每一天，我们都应该去好好珍惜它，享受它，回报它。

我 能 行

卡尔·克里斯托夫

小时候，我认为父亲是世界上最吝啬、最小气的人。我敢肯定他根本不想让我拥有那辆我梦寐以求的自行车。

在许多事情上，父亲和我的看法都不一致。我们又怎么可能一致呢？我是个10岁的小流浪儿。最大的幸福就是想出办法来，让自己少工作一些，好有时间去我家附近的黄石公园狂玩一阵。而父亲是个工作努力、任劳任怨的人。在我梦寐以求的自行车出现在马克·法克斯的商店之前，父亲和我已经在柴房里就我兜售报纸的方式理论过几次了。

我卖报赚的钱，一半交给母亲，用于添制衣服；四分之一，存入银行，以备将来之用；只有剩下的四分之一才归我支配。所以，我只有多卖报，手里的钱才会多起来。于是，我不断努力提高我的销售份额。我的办法是：在推销时，竭力唤起别人的同情心。比如，夏季的一天，我在黄石操场里叫喊着："卖报，卖《蒙大拿标准报》。有谁愿意从我这个苦命的，长着斗鸡眼的孤儿手里买份报纸？"恰巧那时，父亲从一个朋友的帐篷里出来。他把我押回家，我们进了柴房，他把给我的报酬从四分之一削减到八分之一。

两星期后，我的收入又下降了。我的朋友杰姆进门时，我正和家人吃饭。他把一堆硬币放在桌上，并要我给他报酬，即五分镍币。我难为情地给了他。我用五分钱骗他替我卖报纸。这样，我就有空去养殖场看鱼玩。父亲立即看穿了我的把戏。然后，在柴房里，父

亲铁青着脸说，儿子，你应该知道，杰姆是我老板的儿子！我的收入缩减到十六分之一。

说来惭愧，没过多久，情况变得更糟了。因为父亲注意到我时不时地吃蛋卷冰淇淋。而这应该是我缩减了的收入所不能承受的。

后来，他发现我收集别人丢弃的报纸，剪下标题，寄给出版商，作为报没卖出的证明。然后，出版商补偿了我。因为这个，父亲把我的收入削减到三十二分之一。很快，我差不多是分文不进了。

身无分文并没让我很苦恼，直到有一天，当我在马克·法克斯商店闲逛时，一辆红色的自行车闯入我的眼帘，就再也从我的眼前挥不去了。我觉得它是世界上最漂亮的车。它激起我最奢侈的白日梦：我梦见自己骑着它越过山坡，绕过波光粼粼的湖泊、小溪，最后，疲惫而快乐的我，躺在长满野花的僻静的草地上，把自行车紧紧抱着，紧贴在胸口。

如此好梦，怎么说也得成真才行。我走到正在修理汽车的父亲身边。

"要我做什么吗，爸爸？"

"不，儿子。谢谢。"

我站在那儿，看着地面，开始用靴尖刮地，把车道都快刮干净了。

"爸爸！"

"嗯？"

"爸爸，今年你和妈妈不必送我圣诞节礼物了。今后 20 年也不用送了。"

"儿子，我知道你很喜欢那辆自行车。可是，咱们买不起啊。"

"我会把钱还你的，加倍还！"

"儿子，你在工作。你可以存钱买它啊！"

"可是爸爸，你总是要拿走一部分去买衣服。"

"杰克，关于那一点，我们早已谈妥了。你知道，我们都应该尽自己的力。来，坐下来，让我们想想办法。如果你一个月少看两场电影，少吃三块蛋卷冰淇淋，少吃两袋玉米花；如果你不去买弹子玩……嗯，这个夏天，你就能存 3 美元了。"

"可爸爸，买自行车需要 20 美元。那样俭省，我仍然差 17 美元。照那样的速度，还没买到车我都老了。"

父亲忍不住笑了，"儿子，我可不这样想。""有什么好笑的，"我咕哝道。这么严肃的事，他居然会笑，我简直气坏了。我转过身，背对着他；突然，一个奇怪的念头在我脑海里一闪，也许我真的能做一些我以为不可能的事。

就把它当成是一次挑战吧！被父亲的强硬态度所激怒，受那份对自行车的挚爱感情驱使，我开始不辞辛苦地工作，攒钱。我拼命地卖报，不看电影，不买玉米花、冰淇淋。30 分，65 分，1 美元，1 美元 50 分。我一分一分地攒，努力不去想离 20 美元还有多遥远。然后，一件不期而至的事发生了。乔飞先生，父亲的一个朋友，公园管理员叫我到他那儿去。

"杰克，他说，"这段时间，我需要一个送信员，报酬是 6 星期 13 美元。你要这份工作吗？

我简直是求之不得呢！父亲说，因为报酬高，我只需要交一半给家里就行，夏天结束时，我已攒了 11 美元。

但紧接着又到了萧条期。我回到了学校，一角钱、五分钱甚至一分钱也挣不到。最后，圣诞节期间，我通过帮助运送松树、云杉给银行、商店以及那些不想自己砍树的人家，挣了两美元。

还差 7 美元。这时，我的一个朋友病了，要我替他工作，送企业报。我一星期挣 1 美元，清晨四点起床，叠报纸，在凛冽的寒风里走 5 英里。天气刚好转一些，我的朋友又回来工作了。我有 19 美元了。

只差 1 美元了，我认为我已经竭尽所能。所以，我走到父亲面前，"爸爸，求你给我 1 美元吧！"

但我很快意识到，求他就像求太阳从西方升起一样。父亲说，"你

是在要求施舍，杰克。我的儿子是不会请求施舍的。"

我几乎想带着那19美元离家出走；或者，从树上跳下来。如果我摔断了腿，父亲会怎么想呢？沮丧之极，我闲逛到法克斯的商店，想去看一眼我心爱的自行车。可我到那儿时，车却没在橱窗里。天哪，不要这样，我想。它已经被卖出去了！我冲进店里，看见法克斯正推着我的车往后面的储藏室走。"法克斯先生，"我哭叫道，"这自行车，你没有卖它，对吧？"

"没有，杰克，没有卖。它放在橱窗里已经很久了，没人买它。我只是想把它放在墙边，把价格降为18美元。"

那时，航空火箭还没发明出来，而我却像火箭一样，一下子射到了法克斯先生的臂弯里。我骨瘦如柴的手臂和腿紧紧地缠绕着他，热烈地拥抱着他，差点让这位老先生窒息了。

"别让任何别的人买这车，我要买。等我一会儿！"

"别担心，"法克斯先生喘着气，微笑着说，"它是你的。"

我跑上街道，离家还有一排房屋时，就开始喊叫，"妈妈，把钱拿出来，把19美元拿出来！"我一路小跑，又叫了一声，"快一点，妈妈！把钱拿出来！"我飞也似的回到商店，把钱放在柜台上，"我还多出1美元来。那个行李架，还有那个篮子多少钱，法克斯先生？"

"杰克，你可以用1美元买它们两样。"

几分钟后，我出了商店。

我骑着车，向我看见的每一个人挥手，叫嚷："喂！快看我的新车！我自己买的！"

到了家，我跑进院子里，差点撞倒了父亲。

"爸爸，看！我的新车！它是最棒的！它跑起来像风一样快。噢，谢谢你！爸爸，谢谢！"

"不用谢我，儿子。你不必感谢我，我什么也没做。"

"可我是那么幸福，快乐！"

"你感觉幸福是因为你应该得到这种幸福。"

喜悦之中，我的眼前模糊了。但有一瞬间，我认真地看了一眼父亲。我看出他也很快乐，甚至有些为我骄傲。我看到了他眼中的爱意，那种对儿子长大成人的爱。

这么多年来，那满是爱意的目光一直留在我心中。这些年来，我悟出了父亲所给予我的最大快乐，那就是让我明白——我能行。

告诉自己我能行

故事中的小男孩终于依靠自己的力量买到了那辆梦寐以求的自行车，在他把钱交给老板并骑着那辆车在街上向每一个人挥手时，我相信任何一个人都会替他感到高兴，都会被他那种兴奋的心情所感染。的确，当我们用自己的力量去实现了心中的梦想时，有什么事情能比它更能让我们感到兴奋和激动、幸福和自豪呢？

父亲是深爱着小男孩的，在男孩用各种手段为自己"敛财"的时候，父亲总能及时发现并给他点教训，让他知道"君子爱财，取之有道"的道理，渐渐地，男孩终于改掉了这样的坏毛病，不再投机取巧，而是通过自己的辛勤劳动换得报酬。在最后还差一美元时，小男孩向父亲求助，父亲却很坚决地拒绝了他，告诉他不能央求别人来对自己进行施舍。父亲没有给他讲什么大道理，却让他亲身体验到了依靠自己的真正含义。

这个世界上我们可以依靠的人有很多，父母、兄弟姐妹、老师、朋友……但你要知道，你仅仅是可以依靠他们，而不是依赖他们。我们要学会一个人面对生活，要懂得用自己的力量去实现梦想，当你看到用自己的汗水浇灌出来的梦想之花渐渐绽放的时候，相信你的内心一定会充满了幸福和快乐。

世界上没有任何一种幸福能比亲手实现梦想更让人觉得美妙，让我们在生活中不断地充实自己吧，无论在追求梦想的路上遇到什么困难，都要坚定地告诉自己：我能行！

舍 得

......................曹应东

父亲是数学老师。那天，父亲在外面吃喜酒，回来时带回了一包糖果。父亲先拿出一颗糖果给我。我正要剥开来吃，父亲拦住了我。他从那包糖果里数出 17 颗，一颗一颗地摆在桌面上。他要我把这 17 颗糖果分成三份，第一份是桌上糖果的 1/2，第二份是 1/3，第三份是 1/9。这下可把我难坏了。17 不能被 2 和 3 以及 9 整除，怎么也不可能按父亲的要求分开的呀。我急得抓耳挠腮。

父亲见状，在一旁叹了一口气说：要是有 18 颗糖果就好分了。我一听这话，知道父亲在提醒我，赶紧把手里那颗还没来得及吃的糖果拿出来，凑成了 18 颗。这样，第一份分了 9 颗，第二份分了 6 颗，第三份分了 2 颗，还多出来一颗正好"完璧归赵"。难题迎刃而解。

我至今还记得这事，因为父亲后来对我说的一番话："孩子，这下你应该知道了吧，解这道题的关键是你必须舍得。你要是舍不得把自己手里的糖果拿出来，你就永远不可能解开这道题的；你要是舍得，你就能很容易地解开这道题。解题是如此，人生何尝不是呢？"

随着自己渐渐长大，我所经历的许许多多的事终于让我真正懂得了父亲的那番话。我舍得拿出自己的快乐，一份快乐变成了好多好多快乐；我舍得拿出爱，我满眼看到的都是爱的风景。痛苦，是因为舍不得，幸福，是因为舍得；忧郁，是因为舍不得，快乐，是因为舍得。

人生的舍与得

俗话说，"舍得舍得，有舍才有得。"其中不无道理。如果故事中的小孩不把自己的那颗糖拿出来凑成 18 颗糖的话，或许他永远也无法解开那道难题，永远都无法体会到那道题的玄妙，也不会那么快就明白舍与得的道理。

在中国的语汇里，舍与得经常是联在一起用的，最具哲学的味道。舍就是得，小舍有小得，大舍则大得，不舍则不得。所以，不要追求如何去得，而要强调如何去舍，学会了舍才能明白如何去得。

舍是得的前提，敢大舍的人才能大得。

有一个人在深夜经过险峻的悬崖，一不小心掉下了深谷。他的双手在空中攀抓，刚好抓住崖壁上枯树的老枝，总算保住了生命，但是身体却悬荡在半空中，上下不得。正不知如何是好的时候，他忽然看到慈悲的佛陀站立在悬崖上，于是请求佛陀救他一命，佛陀慈祥地说："好吧！请你把攀住树枝的手放下！"那人一听，心想，把手一放，势必掉到万丈深渊，哪里还能保得住性命？因此更加抓紧树枝不放，佛陀只好离他而去。后来那个人因为受惊过度再加上绝望，死去了。其实他当时悬挂的地方离地面还不足三米，假如放了手，就一定能够保全性命。他无法舍去，因此也无法得到。

有舍才有得，说起来容易，但真正做起来很难。这需要一股勇气，一种坚强，一份执着。当我们学会舍弃的时候，其实会得到更多。

父亲的音乐

················[美]韦恩·卡林 著　李颂 译

　　我还记得那天父亲费劲地拖着那架沉重的手风琴来到屋前的样子。他把我和母亲叫到起居室，把那个宝箱似的盒子打开。"喏，它在这儿了，"他说，"一旦你学会了，它将陪你一辈子。"

　　我勉强地笑了一下，丝毫没有父亲那么好的兴致。我一直想要的是一把吉他，或是一架钢琴。当时是 1960 年，我整天粘在收音机旁听摇滚乐。在我狂热的头脑中，手风琴根本没有位置。我看着闪闪发光的白键和奶油色的风箱，仿佛已听到我的哥们儿关于手风琴的笑话。

　　接下来的两个星期，手风琴被锁在走廊的柜橱里，一天晚上，父亲宣布：一个星期后我将开始上课了。我难以置信地看着母亲，希图得到帮助，但她那坚定的下巴使我明白这次是没指望了。

　　买手风琴花了 300 元，手风琴课一节 5 元，这不像是父亲的性格。他总是很实际，他认为，衣服、燃料甚至食物都是宝贵的。

　　我在柜橱里翻出一个吉他大小的盒子，打开来，我看到了一把红得耀眼的小提琴。"是你父亲的。"妈妈说，"他的父母给他买的。我想是农场的活儿太忙了，他从未学着拉过。"我试着想象父亲粗糙的手放在这雅致的乐器上，可就是想不出来那是什么样子。

　　紧接着，我在蔡利先生的手风琴学校开始上课。第一天，手风琴的带子勒着我的肩膀，我觉得自己处处笨手笨脚。"他学得怎么样？"下课后父亲问道。"这是第一次课，他挺不错。"蔡利先生说。

父亲显得热切而充满希望。

我被吩咐每天练琴半小时，而每天我都试图溜开。我的未来应该是在外面广阔的天地里踢球，而不是在屋里学这些很快就忘的曲子。但我的父母毫不放松地把我捉回来练琴。

逐渐地，连我自己也惊讶，我能够将音符连在一起拉出一些简单的曲子了。父亲常在晚饭后要求我拉上一两段，他坐在安乐椅里，我则试着拉《西班牙女郎》和《啤酒桶波尔卡》。

秋季的音乐会迫近了。我将在本地戏院的舞台上独奏。

"我不想独奏。"我说。

"你一定要。"父亲答道。

"为什么？"我嚷起来，"就因为你小时候没拉过小提琴？为什么我就得拉这蠢玩意儿，而你从未拉过你的？"

父亲刹住了车，指着我：

"因为你能带给人们欢乐，你能触碰他们的心灵。这样的礼物我不会任由你放弃。"他又温和地补充道，"有一天你将会有我从未有过的机会：你将能为你的家庭奏出动听的曲子，你会明白你现在刻苦努力的意义。"

我哑口无言。我很少听到父亲这样动感情地谈论事情。从那时起，我练琴再不需要父母催促。

音乐会那晚，母亲戴上闪闪发光的耳环，前所未有地精心化了妆。父亲提早下班，穿上了套服并打上了领带，还用发油将头发梳得光滑平整。

在剧院里，当我意识到我是如此希望父母为我自豪时，我紧张极了。轮到我了，我走向那只孤零零的椅子，奏起《今夜你是否寂寞》。我演奏得完美无缺。掌声响彻全场，直到平息后还有几双手在拍着。我头昏脑涨地走下台，庆幸这场酷刑终于结束了。

时间流逝，手风琴在我的生活中渐渐隐去了。在家庭聚会时父

亲会要我拉上一曲，但琴课停止了。我上大学时，手风琴被放到柜橱后面，挨着父亲的小提琴。

它就静静地待在那里，宛如一个积满灰尘的记忆。直到几年后的一个下午，被我的两个孩子偶然发现了。

当我打开琴盒，他们大笑着，喊着："拉一个吧，拉一个吧！"很勉强地，我背起手风琴，拉了几首简单的曲子。我惊奇于我的技巧并未生疏。很快地，孩子们围成圈，格格地笑着跳起了舞。甚至我的妻子泰瑞也大笑着拍手应和着节拍。他们无拘无束的快乐令我惊讶。

父亲的话重又在我耳边响起"有一天你会有我从未有过的机会，那时你会明白。"

父亲一直是对的，抚慰你所爱的人的心灵，是最珍贵的礼物。

做一个快乐的使者

男孩最初很不愿意拉手风琴，他的愿望是希望拥有一把吉他或一架钢琴。在父亲的催促下，他无奈地开始学习拉手风琴了，但他一点都不喜欢这个娱乐活动。甚至他不能明白父亲对他说的话：有一天你将会有我从未有过的机会。他不知道父亲在说什么。在那场音乐会上，男孩的表演获得了最多的掌声，他也从此喜欢上了拉琴。直到有一天，他有了自己的家庭，有了自己的孩子，当他为他们拉琴时看到他们无拘无束的笑声时，他终于明白了父亲的话，原来能给他人带来快乐是如此幸福的一件事。

曾看过这样一个小故事：在一个寒冷的早晨，一个人看到一个衣衫褴褛的小男孩站在一家面包店前，脸紧贴着橱窗。他默默地走到小家伙身边，俯下身子问道："孩子，你想要几个吗？"小孩恐慌地望着他，怯生生地说道："是的，先生，我饿！"当他微笑着把面包递给孩子的时候，小男孩静静地望着他，问："先生，您是上帝吗？"多可爱的一个孩子啊！他从陌生人的关爱中得到了幸福和快乐，而把快乐带给他人的人，相信他的内心也是快乐的。

将快乐带给别人，有时只是举手之劳。可能在不经意之中，我们付出的力所能及的一点点爱心就会带给他人莫大的快乐。

快乐是一种心情，在别人需要的时候，把快乐传递给他们，世界会因此变得更加美好。

施恩不望报

·······················卡仁·奥菲特丽 著　谢琼 译

　　当我一边在厨房的洗涤槽边上剥玉米，一边等我爸爸回来时，我从窗户往外看见邻居急急忙忙朝我家后门走来。她说："敲门，敲门，敲门，有人在家吗？"我想她为什么说"敲门，敲门，敲门"，而不用手来敲门？真使我心烦。

　　我说："请进来吧！"

　　在她张嘴说话之前，我已经知道她为什么要来了：她准是想要借东西。不是借一杯白糖，就是借割草机或是一些汽油来使她家的割草机运转，也有可能是借个草耙或扳手什么的。

　　她问："你能借给我一块黄油吗？"

　　我说："行！"一边朝冰箱走去。

　　"等我去了杂货店就马上还你。"

　　我说："没问题。"但是事实上这却是个问题，她很少归还她所借的东西，有些工具她一借走往往得过好几个星期才还。她是个有工作的母亲，要抚养两个十几岁的孩子，她要办的事很多。虽然我不乐意为她家的紧急需要提供各种东西，但我的父亲跟我不一样。那天当她走出我家房门在路上遇见我爸爸时，她就问他要一些带子。正好我爸爸有一卷带子在车子里。

　　当爸爸来到厨房时，我对他说："你绝对拿不回那带子了。"

　　爸爸只是微笑着耸耸肩。他眼中的某种神色使我回想起30年前的一天。

　　那时我是个年轻的女孩，爸爸是新英格兰小市镇里的修鞋匠。

每天放学后，我都是顺着主街走下来，要经过弗里齐汽水店和萨姆理发店，然后才能走到我家的萨尔修鞋店。我的工作是将顾客拿来的鞋挂上标签，用袋子装好，把票证交给他们。在所有的时间里我都在观察我们玻璃窗外的世界发生的事。大多数人走过时都向我挥手，我也向他们挥手。只有一个人，他的眼神从来不与我的相遇。

我们叫他布朗尼。不论是什么季节，他总是戴着一顶棕色羊毛帽，穿一件破旧的棕色上衣，磨损的袖子由于油腻而发亮。他白天在大街上闲逛，下午当我们的现金出纳机装满了，我能料定他就会来我家利用我爸爸的乐善好施来要钱。

有一天，当时钟的指针快要指向打烊的时候，我看见布朗尼朝我家走来了，我的表是 5 点 30 分。我赶快将挂在窗上的营业的牌子换成关门的牌子，又将那用细竹片编成的帘子往下放。我想这样可以把他挡在门外。但是布朗尼还是闯进了我家大门。

当他走过前面的柜台时，他用他那干枯的手碰了一下他那破旧的帽子的边缘。我可以看见刻在他脸颊上深深的、显露着悲伤的皱纹，就像两个畸形的括号环绕在他那因抽烟而熏黄的嘴边。他的眼睛往下陷，就像短腿猎犬的眼睛。他那潮湿的毛线上衣散发出落水狗的气味，他身上还有另一种我说不清的刺鼻气味。

当布朗尼走到店铺的后面时，我转过身去重新整理架子上的"几维"牌鞋油。爸爸刚刚关了机器。我听见布朗尼低声说："我这个星期缺钱花。萨尔，你能借给我两美元买杂货吗？"爸爸把榔头放在工作凳上，朝柜台走来，而我正站在柜台边。他对我说："亲爱的，请让开一下。"他按了一下现金出纳机上橙色的贴有"无销售"字样的键，抽屉就打开了。我爸爸从抽屉的第一个格子里取出两张一美元的钞票，递给布朗尼。他严厉地说："布朗尼，不要喝酒，去为孩子们买些牛奶和面包吧。"

布朗尼抓着那两张美钞，连连点头。

　　我爸爸把布朗尼送到店铺的前门，看着他确实走进了马路对面的杂货店。爸爸在那里站了很长时间，他那肌肉发达的双臂交叉放在那被胶水污染的工作围腰上。当他看到布朗尼从杂货店走出来，手里拿着一加仑牛奶和一块面包时，爸爸才满意地点点头，朝店铺后面走去了。

　　我在爸爸的店铺里工作的时间里，曾有多少次看到这一情景？20 次？30 次？100 次？爸爸为什么从无怨言？他绝对没有得到布朗尼归还的任何"借款"。现在我早已成年，而爸爸已经退休了，我终于可以问他原因了。

　　"爸爸，为什么你不断地借钱给布朗尼？你该知道你给他每一块钱都意味着他花更多的钱来喝烈酒，你难道不觉得他是在占你便宜吗？"

　　我爸爸坐在厨房的桌子旁，有好长一会儿他只是看着我。他可能在想着带子，或者可能他曾听见我埋怨邻居来借蛋、借割草机、借耙子、借一块黄油。他说："我从来没指望过布朗尼会还给我钱。我早就下定决心不借给他钱，在我心里，我是送给他钱。如果他说是借钱，那是他的事，对我来说是赠送。"

　　我说："我想你这样做对于你的结算来说会更容易一些。"我一直在笑他，因为萨尔修鞋店从来没有复杂的记账簿。

　　爸爸说："卡伦，当你做了好事，不要老念念不忘。"

　　我又接着去剥玉米了，而爸爸则走到外面去欣赏外孙女的树上小屋了。当我剥完两三个玉米棒子后，我意识到我们拥有的东西实在是多，真是丰衣足食，绰绰有余。我把 6 个玉米棒子装入袋中，向我们的邻居家走去。我说："敲门，敲门，敲门，有人在家吗？"

不要念念不忘自己对别人的好

"我"很不理解父亲为何总是一次又一次地把钱借给一个几乎永远都不会还钱的人，但父亲对这样的事却乐此不疲。后来再问起来时，父亲说做了好事，不要老念念不忘。很轻描淡写的一个回答。父亲还说当初借钱给别人在他的心中并不是借，而是送，把钱送给那些更需要的人，去解决他们的生存问题。在父亲的潜移默化中，"我"终于也明白了那个道理：向需要帮助的人给予力所能及的帮助，并且不要把对别人的恩惠记在心里。

这是一个多么无私的父亲啊，他无偿地帮助别人，却从来都不指望别人对他有所感恩，也不指望受助之人对自己有所回报，他所有的付出都是心甘情愿的。他的话让女儿茅塞顿开，女儿也开始力所能及地去帮助别人了，这种对他人的关爱正在悄悄地被继承，被延续。

《菜根谭》里有一句话说："忘功不忘过，忘怨不忘恩。"说的是人免不了对人施恩惠或受人恩惠，如果对人施了点恩惠，不要念念在心，因为君子是不计名利只求实事的，做了对得起良知的事，心里应该安慰。可是，如果对人家有了一丝一毫的过失，就要扪心自问：为什么会造成此种错误呢？痛切反省，然后自己才有真正进步，理智才能趋向更善的境界。

所以，对于别人曾经对我们的帮助，我们不要忘记，而我们曾经帮助别人的举动，也不要总是记在心上，这样才能有利于培养我们坦荡的胸怀。

生命疤痕

阎金城

儿子喜爱表演，并且梦想当一名演员，但他的嘴角在小时候落下一个疤痕，很不好看。

在学校演出比赛中，他总想把上唇拉下来盖住丑陋的嘴唇，结果洋相百出。回家后，他伤心地哭了。

父亲看着伤心的儿子，心里已经明白八九分，劝说道：孩子，随爸爸上山走走！

儿子默默地点头，跟着父亲上山去了。一进山林，他的眼睛就不够用了——一会瞧瞧这棵又粗又直的红松树，一会又摸摸那棵光滑如肤的白桦树。

在一棵古老苍劲的白桦树下，儿子呆呆地望着发愣。父亲走过去，拍着儿子的肩膀问道："孩子，你怎么了？"

儿子回过头问道："爸爸，这棵白桦树的身上，怎么会有这么多的眼睛呢？"

那不是眼睛，而是树的疤痕啊！父亲回答道。

"这么好看的眼睛，怎么能是树的疤痕呢？"儿子不解地反问道。

"这是真的，孩子！如果没有这么多的疤痕，它又怎么能长成参天大树呢！不信你去看看——越是粗老的大树，身上的疤痕就越多！"父亲认真地回答道。

儿子不相信地又认真地看看这棵，又仔细地瞧瞧那棵——可不，原本光滑如肤的树干竟暗藏凹凸不平的疤痕呢！他好奇地问道："爸

爸，这些疤痕是怎么留下的呢？"

父亲回答道："这些疤痕一方面是大自然的风雨雷电留下的标志，另一方面来自人们对它的修剪所留下的创伤！只有这样它才能长大成材啊！人也一样，由于各种原因，给我们一生留下了永不磨灭的疤痕，这就像我们在雪地上走过，必然留下痕迹一样！"

儿子听后自言自语地重复道："人就像树一样，一生中也会留下许多的疤痕！"

父亲又正言道："但是，树木不会因为有伤疤而就此倒下，因为疤痕标志着曾经受过磨难与挫折。这就像我们劈木头，有疤痕的地方也就是木头最硬的地方，别处一斧头下去也许就劈成两半了，可是斧头落在疤痕处，就像你碰到石头一样。"

儿子一边不住地点头，一边抚摩着树上的疤痕……

父亲又接着说道："孩子，你很有表演的天分，爸爸知道你这次表演时过分地掩饰嘴边的疤痕，所以，孩子！你听着——观众欣赏的是你的表演，而不是你的疤痕。他们需要的是你带着疤痕的表演，你不要把你的疤痕掩饰起来，要给人们一个原色的你——这就是疤痕的作用！它是尊贵的苦难的标志，更是崭新的坚固的堡垒。伤过以后，疤痕就成了你身体最坚强的部分，让你更顽强地面对人生！"

从此，儿子接受了父亲的忠告，不再去注意自己的疤痕。从那时开始，他只想表演，热情而高兴地表演。

他要做一名伟大的演员。最终如愿以偿！

感谢疤痕

故事中的父亲以树喻人，以一种巧妙的方式让儿子明白了一个道理：疤痕是尊贵的苦难的标志，是身体上最坚强的部分，可以让人更顽强地面对人生。

这个世界上没有完美，所以我们的生命中也免不了会出现一些

疤痕。这些疤痕或许是身体上的，也有可能是心灵上的，但无论怎么样，它都不应该成为阻碍我们前进的绊脚石。我们都知道，人在成长的过程中总会遇到些挫折和困难，总会因为它们的出现而丧失继续前进的信心，但越是这样，我们越不能停下前进的脚步。

其实我们从故事中父亲讲的那番话里可以得到很多启示，只有经历过风雨的洗礼，只有经受一次次的锤炼打磨，才能真正成材。或许正是因为这些挫折，生命才更显示出它的风采。

疤痕是我们经历挫折的见证。而挫折，是成长之路上必经的岔道口。一个人没有了挫折的支撑，那他永远也不会面临选择，去决定下一步该踏上怎样的旅程。挫折是痛苦背后的曙光，如果你认为挫折是你的绊脚石，卡住了你的咽喉，凝固了你的血液，那么你错了。在挫折中，通常都蕴涵着巨大的潜力，你潜心挖掘，它就会让你产生无穷的力量，去感受成功的辉煌。

每一个人都需要挫折，需要它带给我们无尽的思索。这些由挫折凝结而成的疤痕是我们成长的见证，记录着我们走过的岁月。让我们的生命在挫折中更加坚强！

不要缚住牛犊的角

·····················罗伯特·清崎 著　曹刚 译

　　第二天，妈妈和爸爸被叫到学校。老师和校长感到非常不安。当爸爸和妈妈走进办公室时，我正坐在角落里的椅子上，身上溅满了泥点。爸爸着急地问："发生了什么事情？"

　　"是这样的，应该说是那群男孩子自己惹祸上身。"老师答道，"我在罗伯特的成绩单上写了那段话后，我就知道会有事情发生的。"

　　"罗伯特打了他们？"父亲问。

　　"噢，没有。"校长说，"我看到了全过程。一开始是男孩子们去戏弄他，但这次罗伯特没有站在那里忍受侮辱，而是叫他们停止，可他们根本不听。罗伯特再三警告，男孩子们却越发猖狂。于是，他跑回教室，抓起他们的午餐盒，把里面的食物全倒进了泥塘。当我穿过了草坪跑过去时，男孩子们正在打罗伯特，但他没有还手。"

　　"那他在干什么呢？"爸爸问。

　　"在我赶到制止他们之前，罗伯特抓住两个男孩子并把他们推进了泥塘，这就是为什么他的身上溅满了泥点的原因。我已经把那两个男孩子送回家换衣服了，他们全身都湿透了。""可我没打他们。"我在角落里插话说道。

　　爸爸盯着我，然后把食指放在嘴唇上，示意我不要说话。然后他转向老师和校长说："我们会在家里处理好这件事的。"

　　校长和老师点了点头，老师接着说道："我很高兴能够亲眼看见过去两个月发生的事情。假如我不知道导致这次泥塘事件的历史

原因，就可能只会责备罗伯特。请你们相信，我会把那两个孩子及其家长叫来实事求是地说明此事。我不会宽恕罗伯特把那两个孩子和他们的午餐扔进泥塘里的行为，但我真诚地希望从现在起，男孩子们中间的这种以强凌弱的事情能够结束了。"

从校长办公室回家后的那个晚上，爸爸说："许多人只生活在是非分明的世界里，于是有人会建议你'不要回击'，另一些人则会高喊'回击他们'，而生活中的事情却远非如此简单。掌握回击的分寸要比简单地说'不要回击'或'回击他们'需要更多的智慧。"

第二天，两个男孩和我被叫到一起开会，我们各自承认了自己的错误，握手言和了。课间休息时，其他孩子走过来和我握手，拍我的手背，他们祝贺我回击了那两个也欺负过他们的男孩子。我对他们的祝贺表示感谢，轻咳一声，一本正经地说："你们应该学会为自己的利益而战。如果你做不到，你们一生都将只是一个懦夫，被那些永远也不会绝迹的恃强凌弱的人推来搡去。"如果爸爸听到我在说他教给我的这番话，一定会非常骄傲的。

从那天起，我的一年级生活就变快乐了。我找回了宝贵的自尊，全班最漂亮的女孩也成了我的好友。我学会了以勇敢和自尊带来和平，而不是仅仅为了做个"好孩子"而沉没于恐惧和害怕的感觉中。

父亲经常说："真正的智慧是把握合适的分寸而不是简单地谈论对与错。"作为一个6岁的孩子，我从父母那里懂得了应该成为善良很文雅的人，但我现在知道我不应该无原则的善良和文雅。从父亲那里我懂得应该强大，但我也知道善于运用智慧、巧妙地利用自己的力量的人才是最最强大的。

把握分寸的智慧

从小爸爸妈妈就告诉我们，要做一个听话的孩子，不要和小朋友吵架打架，要友善地对待周围的人。没错，我们的成长岁月不是靠打架度过的，但是我们无法避免和一些人产生"冲突"，或者说是纠葛。因为并不是所有的人都像我们一样友善，总有一些人喜欢去戏弄别人，甚至是搞一些恶作剧去伤害别人，或者仅仅是单纯地以强凌弱。就像故事中的男孩遇到的那些事情一样，开始的错误不在他，因为他也是被欺负的一个。但这一次，他没有继续忍耐，而是勇敢地回击了，尽管方式有些欠妥，但毕竟他懂得了用自己的力量去维护自己的利益。

男孩的父亲并没有因此而责备他，即是告诉他生活远非"不要回击"或"回击他们"这么简单，遇到问题时要掌握好应对的分寸，而这才是最难以把握的，这里凝聚着真正的智慧。

把握"分寸"，是人生的一大智慧，其中最关键的是要把握一个"度"字。这个"度"无处不在而又扑朔迷离。俗话说过犹不及，要想把握得恰到好处，需要我们在生活中去慢慢磨炼。

做人能做到恰如其分，是一种高境界；做事能做到恰到好处，是一门大学问。我们只有切实把握好进退节奏，才能永远立于不败之地。

简妮的项链

·······················[美]比利·拉芬特 著　钟惠东 译

　　简妮跟着妈妈站在超市付款的队伍中，她还有一个星期就满五岁了。这个有着一头漂亮金色鬓发的小姑娘，心里有个什么样的生日愿望呢？是拥有那串躺在粉红色盒子里的珍珠项链吗？它静静地闪耀着柔和的光芒，在简妮的眼中，真是美丽极了。

　　"妈妈，我可以把它买下来吗？我真是太喜欢它了。好吗，妈妈？"简妮拉着妈妈的手，歪着小脑袋瓜望着她，一双美丽的眼睛充满了期盼。简妮的妈妈拿起盒子迅速地瞥了一眼盒底的价格牌，沉吟片刻后对简妮说："这串项链卖 1 元 95 分，如果你真想得到它，那你得多干些家务活才行。你的生日快到了，你外婆也会给你更多的零用钱，凑足了，你很快就可以拥有它了。"

　　也许小简妮太想得到那串项链了，一回家她就把她的储钱罐掏空，数了数，只有 17 分。晚饭后，当她做完了额外的家务活，就跑到邻居麦克金斯叔叔那儿询问是否可以帮他采些蒲公英换得 10 分钱。

　　不久后，简妮终于得到了那串梦寐以求的项链。她戴上它在大镜子前照来照去，觉得自己长大了，可以跟妈妈一样把自己打扮得漂漂亮亮的。她几乎任何时候都戴着它，睡觉时也舍不得取下来，只有在游泳或是洗澡时才不敢戴，因为妈妈叮嘱过简妮，万一把项链弄湿了颜料会把她的脖子染成绿色。毕竟，那不是一串真正的珍珠项链。

　　简妮有一位十分爱她的爸爸。每天晚上当她准备睡觉时，他总会停下手头的事情走到楼上她的房间给她讲故事。

有一天晚上当爸爸讲完故事后问简妮："你爱我吗？""当然爱了，爸爸。你知道我很爱你。"

"那你可不可以把你的珍珠项链给我？""不，爸爸。我不能给你我的珍珠项链。但是你可以把我的'小公主'——那头有粉红色尾巴的小白象拿去，你还记得吗，爸爸？'小公主'是你送给我的，你知道在所有玩具中我最喜欢它。"

"算了，亲爱的。爸爸不需要你的'小公主'。晚安，简妮，爸爸爱你。"他在简妮的脸颊上印了一个吻，然后静静地关上了门离去。

一个星期后，同样是在讲故事时间结束时爸爸再问她："简妮，你爱我吗？""爸爸，你知道我是爱你的。""那你把珍珠项链给我好吗？""不，爸爸。我不能给你我的珍珠项链。但是我可以把我的婴儿娃娃给你。它还很新，是我去年生日得到的礼物。你还可以把它的小睡床也拿去。""不用了，简妮，你还是留着它陪伴你吧。睡个好觉，亲爱的，爸爸爱你。"跟往常一样，他照例在简妮的脸颊上亲了一口后离去。

又过了几天的一个晚上，当简妮的爸爸踏进她的房间时，惊讶地发现简妮盘着双腿坐在床上，脸颊微微颤动，泪珠无声地滑落下来。

"怎么了，简妮？发生什么事了？"简妮没有说话，一直攥着的小手张开，手心里是她那串小小的珍珠项链。"拿去吧，爸爸，这是给你的。"她那小身子还在轻轻地颤抖。

简妮的爸爸眼眶不禁湿了。他伸出一只手拿走了简妮的项链，另一只手却伸进自己的口袋，慢慢地取出一只蓝色绒布盒子，盒子里面装的是一串真正的珍珠项链。爸爸把这串项链给简妮戴上，告诉她就算是游泳或洗澡时也不必取下来了。简妮惊讶而快活地看着爸爸，似乎还没弄明白为什么。其实项链已经在他的口袋放了很久了，他一直在等待简妮放弃那串假项链，这样他才能给她真正的珠宝。

懂得放弃才能收获更多

简妮实在太喜欢那条珍珠项链了，她甚至连一分钟都不舍得摘下来，所以当父亲一次次去跟她要项链的时候，她愿意给父亲其他珍贵的玩具，除了那串假的珍珠项链。但是终于有一次，当父亲再次进入到她的房间里时，小简妮含着泪把项链递给了父亲，因为她爱父亲，她不忍心一次次拒绝他。让小简妮没想到的是，她交出了假的项链，却换来了一条真正的珍珠项链，而这也恰恰是父亲想要告诉她的一个道理：放弃了假的，才能得到真的，懂得放弃，才能收获更多。

失去，在很多时候我们都把它认为是一种痛苦，事实上它也是一种幸福，因为在失去的同时，我们也在收获。

人生从来都没有绝对的事。在某些时候，失去的时刻也就是收获的时刻，而且得到的远远比失去的要多。英国的伟大诗人弥尔顿，最杰出的诗作是在双目失明后完成的；德国的伟大音乐家贝多芬，最杰出的乐章是在他的听力丧失以后创作的；世界级小提琴家帕格尼尼是个用苦难的琴弦把天才演绎到极致的奇人。他们被称为三大怪杰，居然是一个是瞎子，一个是聋子，一个是哑巴！他们之所以有那样的成就，正是因为他们有一颗平常心，不计较利害得失。

命运向来都是公正的，在这方面失去了，就会在那方面得到补偿。当你感到遗憾失去的同时，可能有另一种意想不到的收获。

纸 钢 琴

······················乐靓

女儿酷爱音乐。

每天清晨当对面阳台上响起琴声时，她便痴痴地趴在阳台上静静地听。她多想自己能有一架钢琴……不，不，哪怕能摸一摸，坐上去弹一次也好啊！

一天，父亲来到阳台，看到女儿趴在阳台上，十指在阳台上跳跃着，父亲便有了一桩心事……女儿从没见过父亲买一件像样的衣服，穿在他身上的总是洗得发白的工作服。女儿知道应该铆足劲儿学习。她想，将来一定要考上音乐学院，那样，就可以天天弹钢琴了。

父亲似乎比以前忙了许多，每天很早出去，很晚回来，裹着身泥灰倒头就睡。

日复一日，女儿不知父亲为何如此拼命，却知道父亲的白发她已经再也数不清了……年复一年，五年过去了。女儿考上最好的高中。

父亲去银行取出了存款。一路上陶醉在喜悦中，却不知道背后跟着一双邪恶的眼睛。他来到商店，来到一架钢琴前。这是一架锃亮的立式钢琴，标价：一万八。"够了。"他想，于是他叫来售货员。当他满心欢喜地将紧拽在手里的工具包打开时，一条被刀划开的口子凝结了他的笑容。

父亲茶饭不思，一下子憔悴了。担忧笼罩着女儿的眼眸。几天后，父亲拿出一样东西：一块木板，上面贴着厚纸，画着键盘。父亲说：

"爸爸没用，本来想给你买架真钢琴的……"女儿第一次看到了父亲的泪水。"爸爸！"女儿不知道发生了什么，但她什么都明白。

她坐过去，十指轻快地跳跃在琴键上，周身沐浴着暖暖的旋律，她泪流满面，如痴如醉。

无言的父爱

文章很短，却将一名深爱着女儿的父亲形象刻画得淋漓尽致。生活在社会底层的父亲于一个很偶然的巧合得知女儿的心愿后，每天踏着晨曦出门，披着夜色回家。5年后，添了满头白发的父亲终于攒足了买钢琴的钱，却不料被人盗走，无奈的他只好含泪做了一个纸钢琴给女儿。

这是一种无言的父爱，父亲默默地为实现女儿的梦想而拼命，付出了太多太多，但自始至终，他都不曾让女儿知道，只是悄悄地付出，不求任何的索取。然而，在拿出纸钢琴的一刹那，父亲再也忍不住，流下了泪水。男儿有泪不轻弹，何况是父亲，更何况是在女儿面前！只因这泪水饱含着太多太多的辛酸，它是汗水的决堤，是无奈的释放。5年来的艰辛付出让父亲在这一刻再也忍受不住……

父亲的爱是无私的，是无微不至的。在父母的眼里，我们永远是个孩子，只有在他们的呵护下才能长大。无言的父爱，虽然少了华丽的语言来描述，但是它胜过了所有的美妙的词汇。

父母为我们付出的是他们的全部，而他们向我们所要的回报只是一声关心的问候、一个轻轻地拥抱。所以我们每个人都应该珍惜父母的爱，不管那爱是以何种方式表达出来。因为那是父母爱你的证明，因为那是一份不求回报的爱，因为父母对你付出了他们的全部。

母　爱

大地的耳朵

尤今

小时候，讨厌冬菇，嫌它丑。黑黑的一朵，像巫婆身上诡谲的袍子，每每在饭桌上见到它，筷子总绕道而逃；弟弟受我影响，也把冬菇当敌人。

妈妈的拿手好菜是冬菇焖鸡，我一见便皱眉，觉得大好鸡肉被那可憎的冬菇白白糟蹋了。聪明的妈妈，察觉了我和弟弟的异状，有一回，刻意用筷子夹起了一朵冬菇，微笑着问："你们看，这像什么？"我闷声闷气地答："黑色的鬼。"弟弟鹦鹉学舌，也说："像鬼，黑色的鬼。"妈妈却说："冬菇不是鬼，它是大地的耳朵。"嘿，大地的耳朵？这个新鲜的比喻霎时把我和弟弟的好奇心全撩起来了，我们俩竖起四只耳朵来听，妈妈饶有兴味地说道："人间每天都有许多有趣的事情发生，大地好奇，便把长长的耳朵伸出地面来听。"经妈妈这么一形容，那朵圆圆的冬菇落在眼里，果然像极了一只铆足劲偷听的耳朵。妈妈继续说道："大地的耳朵，听觉敏锐，你们吃了它，同样可以拥有耳听千里的能力！"耳听千里？太棒了！我和弟弟的筷子，都不约而同地伸向了盘子里那一只只"大地的耳朵"……

万万没有料到，这一吃，便上瘾了。

品质上好的冬菇，巨大肥厚，一触及嘴唇，便有一种绵密温厚的感觉；在与鸡肉长时间焖煮的过程当中，它吸足了精华，吃起来像是一块嫩滑的黑色油膏，但又绝对没有那种油腻感，这种绚烂的风采是独树一帜的。

盲目地相信冬菇有助听觉,吃着吃着,果然便养成了"耳听八方"的能力。然而,有时,不小心听到了一些飞短流长的谣言,听到了一些令人义愤填膺的负面消息,听到了一些叫人恶心的言谈,我便衷心希望,我不曾吃过那么多的冬菇。

小小一道冬菇焖鸡,盛满了童年的快乐回忆,还有温馨的亲情,每回闻到那一股熟悉的味道,母亲的笑容便清晰浮现。我们在无数半真半假的故事中成长,接受了许许多多原本为我们所抗拒的东西,那样的一种成长过程,幸福而美好。而全心全意地相信冬菇是"大地的耳朵"的那些年月,是人生的无尘岁月,澄净明洁。

成家之后,冬菇焖鸡,也成了我的拿手好菜,肥肥的冬菇丰满柔软,味道隽永,可是,历史重演,我亲爱的孩子竟也不喜欢那一朵一朵黑黑的好似梦魇一般的冬菇。我于是刻意用筷子夹起了一朵冬菇,微笑着问:"看,这像什么?"孩子缺乏天马行空的想象力,老老实实地应:"像冬菇。"我说:"不是,它是大地的耳朵……"这时,墨黑的眸子专注地盯着我,晶晶闪亮,为饭桌上那盘冬菇镀上了一层美丽的釉彩……

学会聆听

"我"和弟弟都讨厌吃黑黑的冬菇,聪明的妈妈想了一个妙计。当"大地的耳朵"像童话一般撞击我们耳膜的时候,"我"和弟弟疯狂地喜欢上了它。想着能够耳听千里,于是我们吃下了数不清的冬菇。终于有一天,我们养成了"耳听八方"的能力,却陷入了无尽的苦恼当中。因为我们能听到的,不光是那些赞美之辞,那些人间美好的事情,还包括飞短流长的谣言,以及一些我们不愿意听到的负面消息。

走过了那个澄澈明净的童年时代,我们渐渐不再相信童话,也不再相信黑黑的冬菇是大地的耳朵,也明白"耳听八方"的能力终

究不是冬菇的功劳。这个时候，我们就要学会聆听，学会将所听到的消息进行辨别，学会用平静的心态去对待听到的一切。

学会聆听，我们得以用他人的眼光审视自己，以此完善自己的人格。孔子说："三人行，必有我师焉。择其善者而从之，其不善者而改之。"聆听是完善自我、审视自我的一条有效途径。一位伟人也曾经说过："喜欢聆听的民族是一个智慧的民族。"学会聆听，我们才能吸收更多的知识，才能增强对万物的见识。

我们需要聆听，聆听鸟语虫鸣，聆听泉水淙淙，聆听父母的忠告、老师的教诲、朋友的劝慰……聆听是一种积极的生活姿态，是一种美妙恬静的心境。

捐一个微笑

蔡成

队伍很长。站在我前面的是母女俩，母亲牵着女儿的手，女儿仰起小脑袋奶声奶气地背着唐诗，背完一首，就向母亲讨表扬。年轻的母亲不吝啬，反复竖大拇指，鼓励女儿再接再厉。

捐款台上的"设施"很简陋。一张桌子上摆了个用红纸包裹着的募捐箱，纸上有字："向地中海贫血儿童献爱心。"站在我前面的年轻母亲捐完了款准备走，守在募捐箱旁的一个中学生模样的姑娘似乎被可爱的还在背唐诗的小女孩吸引住了，拉住她的手，逗她："小妹妹，妈妈给患病的哥哥姐姐捐钱了，你捐点什么呀？"

小女孩不作声，抬头看看她妈妈，又看看弯腰跟她说话的姐姐，手在口袋里掏了几下，什么也没掏出，嘴一撇，竟哭起来。原本只想逗逗孩子的姑娘慌了神，脸涨得通红。显然，她自己也只是个大孩子，面对意外，乱了方寸。她唯有尴尬地站着，满脸歉意地看着小女孩的母亲。

年轻的妈妈却没慌，边给孩子擦眼泪边说："洋洋，你给姐姐笑一个，你说你就捐一个甜甜的笑给患病的哥哥姐姐。"

小女孩真的立刻笑了，泪水还挂在她眼角，她还在抽泣着，那笑也就显得很别扭。别扭得让旁边的我，也差点忍不住乐出声来。

母女俩已经朝前走去，我往募捐箱放着钞票，目光还在追随她俩。那个漂亮的小女孩又回过头，一次，两次，三次，每一次脸上都带着甜甜的笑。我数得一清二楚，她一共捐了六个天使般的笑。

微笑的价值

小女孩的妈妈很用心，当女儿因为不能为别人捐点什么而哭的时候，她鼓励孩子捐一个微笑。小女孩的泪珠还挂在脸上，竟然就笑了出来，那个甜甜的微笑像阳光一样扫去了她心中的乌云，也为周围的人带来了温暖。

6个天使般纯洁的微笑，深深地刻在了作者的脑海里，也刻在了我们每一个读者的心里。我们总是抱怨生活太烦，学习太累，其实假如我们每一个人都拥有一个像故事中小女孩一样纯洁的心灵，能够把微笑看作是一种财富，我想这个世界应该会少一点烦躁，多一点轻松。

微笑，是一种气质，它得益于修养；微笑，是一种境界，它需要磨炼。在这个世界上，受约束的是生命，不受约束的是心情，只要我们的心情是明亮晴朗的，人生就没有阴天。

给生命一个微笑，无论你面对的是成功还是失败，只要学会了微笑，你就为自己的心灵找到了生命最本质的宽容和豁达，在微笑面前，所有的泪水都将变得坦荡、洒脱，你的面前也会是一片海阔天空！

给生活一个微笑，无论你面对的是亿万富翁还是潦倒乞丐，只要学会了微笑，你就领悟了仁爱和尊重，在微笑面前，一切纷扰都将变得无足轻重，你的周围必会充满温情和友善！

学会了对自己微笑，就学会了热爱生活；学会了对别人微笑，就学会了珍惜美好；学会了对一切生命微笑，你的人生便处处充满阳光。

梦想的价值

楚流湘

他家很穷，在贫民区的一所破房子里，有 7 个兄弟姊妹还有一个表妹和一个堂兄寄居在他家里。他特别瘦弱，时常感冒发烧。他似乎缺乏学习的天赋，学习成绩是 8 个孩子里最差的。有一天，他看到介绍有史以来最伟大的高尔夫运动员尼克劳斯的电视节目，他的心一下子被打动了：我要像尼克劳斯一样，当一个伟大的职业高尔夫球运动员！

他要求父亲给他买高尔夫球和球杆。父亲说："孩子，我们家玩不起高尔夫球，那是富人们玩的。"他不依，吵着要。母亲抱着他，朝父亲喊："我相信他，他一定会成为优秀的高尔夫球手！"说完，母亲转过头，柔声说："儿子，等你成为职业高尔夫球手后，就给妈妈买栋别墅好吗？"他睁着那双大眼睛，朝母亲重重地点了点头。

父亲给他做了一个球杆，然后在家门口的空地上挖了几个洞。他每天都用捡来的球玩上一会儿。

升入中学后，他遇到了后来改变他一生的体育老师里奇·费尔曼。费尔曼发现了这个黑人少年的天赋，于是建议他到高尔夫球俱乐部去练球，并帮他支付三分之一的费用。仅仅 3 个月，他就成了奥兰多市少年高尔夫球赛的冠军。

高中毕业后，他幸运地被斯坦福大学录取了。暑假期间，他的一个要好的同学来他家玩，说他哥哥所在的旅游公司有一艘豪华游轮正在招服务生，薪水很高，每周有 500 美元，问他是否愿意去应聘。

他心动了：家里仍然贫穷，自己应该像个男人一样挣钱养家了。

过了几天，里奇·费尔曼来到他家，他已经帮他联系到了一家高尔夫球俱乐部，准备带他去报名。小伙子不好意思地告诉老师，他打算去工作了。里奇·费尔曼沉吟半晌，然后问他："我的孩子，你的梦想是什么？"

他愣了一下，似乎有些措手不及。过了好久，他红着脸嗫嚅道："当一个像尼克劳斯一样的高尔夫球运动员，挣很多钱，给母亲买一栋漂亮的别墅。"

里奇·费尔曼听完，眼睛盯着他高声叫道："你现在就去工作，那么，你的梦想呢？不错，你马上就可以每周挣500美元了，很了不起！但是，你的梦想就值每周500美元吗？每周500美元能买得起别墅吗？"

18岁的他被老师的话震惊了，他呆呆地坐在屋子里，心里反复默念着这句话。突然，曾经的梦想闪电般穿过脑海，热血瞬间流遍全身：我的梦想是要成为像尼克劳斯一样伟大的高尔夫球运动员，我的梦想是要为母亲买一栋别墅！

那个假期，他自觉地投入到了训练中。在当年的全美业余高尔夫球大赛上，他成为该项赛事最年轻的冠军。

3年后，他成了一名职业高尔夫球手。

他是迄今为止最伟大的高尔夫球运动员，他正创造着高尔夫球的神话：1999年，他成为世界排名第一的高尔夫球手；2002年，他成为自1972年尼克劳斯之后连续获得美国大师赛和美国公开赛冠军的首位选手。从1996年出道至今，他总共获得了39个冠军。

如今，他以1亿美元的年收入成为世界上收入最高的体育明星。

他一共给他的母亲买了6栋别墅，位于不同的地方。

你可能已经知道了他是谁，他就是"老虎"伍兹。

一个人应该尽自己最大的努力，挖掘自己所有的潜力来实现自

己的梦想。努力可能会失败，但放弃则意味着你根本不可能成功。

试着像泰格·伍兹一样为了自己的梦想奔跑，也许有一天，你也能为自己的母亲买6栋别墅。

不要轻言放弃

年幼的伍兹心里有一个梦想，然而家庭的贫困却让他无法去实现自己的梦想。幸好他有一位通情达理的母亲，母亲支持他的梦想，并鼓励他在成功之后为母亲买一栋别墅。母亲并不是真的想要别墅，而是用这样一种方式给了伍兹最有效的激励和支持。伍兹最终成功了，他成了世界上最杰出的高尔夫球运动员，创造了无数神话，并且兑现了儿时的诺言：为母亲买了6栋别墅。

我们都有梦想，都会为了梦想而不懈努力，但是我们要知道，实现梦想的过程不可能是一帆风顺的，既然踏上了征程，我们就不要轻言放弃。

从某种意义上说，生活中的我们每个人都在找寻，找寻成功的路径、找寻理想的彼岸、找寻生命的闪光点……或许我们的梦想不尽相同，但实现梦想的路途却都是漫长而艰辛、孤苦而寂寞的。然而，就算面对种种艰难困苦，我们也绝不能被它吓倒，更不能轻言放弃。要知道，即便是到了"山穷水尽疑无路"的地步，也还会有"柳暗花明又一村"的时候。不轻言放弃，我们就有机会看到梦想之花绽放时的美丽。

永远不要说放弃，是种坚定的信念、执着的追求，也是一种可贵的自信。一个健康的人可以幸福地说："我拥有健康和快乐。"一个残废的人可以自豪地说："我的心脏没有放弃跳动，我没有放弃生活。"

当你想要放弃时，不妨对自己说：挺住，梦想源于坚持！

只有你会欣赏我

天荒

第一次参加家长会，幼儿园的老师说："你的儿子有多动症，在板凳上连三分钟都坐不了，你最好带他去医院看一看。"回家的路上，儿子问妈妈，老师都说了些什么，她鼻子一酸，差点流下泪来。因为全班 30 位小朋友，只有她的儿子表现最差；唯有对他，老师表现出不屑。然而她还是告诉她的儿子："老师表扬你了，说宝宝原来在板凳上坐不了一分钟，现在能坐三分钟了。其他的妈妈都非常羡慕你的妈妈，因为全班只有宝宝进步了。"那天晚上，她儿子破天荒吃了两碗米饭，并且没让她喂。

儿子上小学了。家长会上，老师说："全班 50 名同学，这次数学考试，你儿子排在第 40 名，我们怀疑他智力上有些障碍，你最好能带他去医院查一查。"走出教室，她流下了泪。然而，当她回到家里，却对坐在桌前的儿子说："老师对你充满了信心。他说了，你并不是个笨孩子，只要能细心些，会超过你的同桌，这次你的同桌排在第 21 名。"

说这话时，她发现，儿子暗淡的眼神一下子充满了光亮，沮丧的脸也一下子舒展开来。她甚至发现，从这以后，儿子温顺得让她吃惊，好像长大了许多。第二天上学时，去得比平时都要早。

孩子上了初中，又一次家长会。她坐在儿子的座位上，等着老师点她儿子的名字，因为每次家长会，她儿子的名字总是在差生的行列中被点到。然而，这次却出乎她的预料，直到家长会结束，都没听到他儿子的名字。她有些不习惯，临别前去问老师，老师告诉她：

"按你儿子现在的成绩，考重点高中有点危险。"听了这话，她惊喜地走出校门，此时，她发现儿子在等她。走在路上，她扶着儿子的肩膀，心里有一种说不出的甜蜜，她告诉儿子："班主任对你非常满意，他说了，只要你努力，很有希望考上重点高中。"

高中毕业了。第一批大学录取通知书下达时，学校打电话让她儿子到学校去一趟。她有一种预感，她儿子被第一批重点大学录取了，因为在报考时，她对儿子说过，相信他能考取重点大学。儿子从学校回来，把一封印有清华大学招生办公室的特快专递交到她的手里，突然，就转身跑到自己的房间里大哭起来，儿子边哭边说："妈妈，我知道我不是个聪明的孩子，可是，这个世界上只有你能欣赏我……"

听了这话，妈妈悲喜交加，再也按捺不住十几年来凝聚在心中的泪水，任它流下，打在手中的信封上……

母 亲 的 鼓 励

看完这个故事，眼睛慢慢湿润了，为着这位伟大的母亲对儿子不懈的鼓励与信任。每一个妈妈都希望自己的孩子将来有出息，有一个灿烂的前程。但话也可以这么说，这只能是做妈妈的一个良好的愿望，而事实上，并不是所有的孩子都能考上重点大学，也并不是所有的孩子都能成为比尔·盖茨。

在我们为理想奋力拼搏的时候，妈妈的鼓励成了我们心灵的最好慰藉。记得以前看过一个小故事，说的是一个小男孩非常希望有一天自己能在太空中遨游。有一次，小男孩又对妈妈说他要跳到月球上去，妈妈微笑着对他说："好啊，只是你要记得回来吃饭。"后来，这个小男孩真的实现了梦想，多年以后，他成为人类登上月球的第一人。这个母亲有着同样的智慧，她知道鼓励孩子远比给孩子讲一些不着边际的大道理有用得多。

当我们的努力被他人否定的时候，当我们被别人认为永远都不可能取得成功的时候，不要放弃自己的梦想，因为我们会永远拥有

母爱。母爱是伟大的：会为我们遮挡风风雨雨；会牵着我们的手，和我们一起走过通往成功路上的那些坎坷；会用博大的胸襟温暖我们冰冷的心……

因为有了母亲的鼓励，我们追逐梦想的道路注定不会孤独。

打往天堂的电话

邵云

　　一个春日里的星期六下午，居民小区旁边的报刊亭里，报亭主人文叔正悠闲地翻阅着杂志，这时一个身穿红裙子、十五六岁模样的小女孩走到报亭前，她四处张望着，似不知所措，看了看电话机，又悄悄地走开了，然而不多一会儿，又来到报亭前。

　　不知道是反反复复地在报亭前转悠和忐忑不安的神情，还是她身上的红裙子特别鲜艳，引起了文叔的注意，他抬起头看了看女孩并叫住了她："喂！小姑娘，你要买杂志吗？""不，叔叔，我……我想打电话……""哦，那你打吧！""谢谢叔叔，长途电话也可以打吗？""当然可以！国际长途都可以打的。"

　　小女孩小心翼翼地拿起话筒，认真地拨着号码，善良的文叔怕打搅女孩，索性装着看杂志的样子，把身子转向一侧。小女孩慢慢地从慌乱中放松下来，电话终于打通了："妈……妈妈！我是小菊，您好吗？妈，我随叔叔来到了桐乡，上个月叔叔发工资了，他给了我50块钱，我已经把钱放在了枕头下面，等我凑足了500块，就寄回去给弟弟交学费，再给爸爸买化肥。"小女孩想了一下，又说："妈，我告诉你，我叔叔的工厂每天都可以吃上肉呢，我都吃胖了，妈妈你放心吧，我能够照顾自己的。哦，对了，妈妈，前天这里的一位阿姨给了我一条红裙子，现在我就是穿着这条裙子给你打电话的。妈妈，叔叔的工厂里还有电视看，我最喜欢看学校里小朋友读书的片子……"突然，小女孩的语调变了，不停地用手擦着眼泪，"妈，你的胃还经常疼吗？你那里的花开了吗？我好想家，想弟弟，

想爸爸，也想你，妈，我真的真的好想你，做梦都经常梦到你呀！妈妈……"

　　女孩再也说不下去了，文叔怜爱地抬起头看看她，女孩慌忙放下话筒，慌乱中话筒放了几次才放回到话机上。"姑娘啊！想家了吧？别哭了。有机会就回家看看爸爸妈妈。""嗯，叔叔，电话费多少钱呀？""没有多少，你可以跟妈妈多说一会，我少收你一点钱。"文叔习惯性地往柜台的话机望去，天哪，他突然发现话机的电子显示屏上竟然没有收费显示，女孩的电话根本没有打通！"哎呀，姑娘，真对不起！你得重新打，刚才呀，你的电话没有接通……" "嗯，我知道，叔叔！" "其实……其实我们家乡根本没有通电话。"文叔疑惑地问道："那你刚才不是和你妈妈说话了吗？"小女孩终于哭出声："其实我也没有了妈妈，我妈妈死了四年多了……每次我看见叔叔和同伴给家里打电话，我真羡慕他们，我就想和他们一样，也给妈妈打电话，跟妈妈说说话……"听了小女孩这番话，文叔禁不住用手抹了抹老花镜后面的泪花："好孩子别难过。刚才你说的话，你妈妈她一定听到了，她也许正在看着你呢，有你这么懂事、这么孝顺的女儿，她一定会高兴的。你以后每星期都可以来，就在这里给你妈妈打电话，叔叔不收你钱。"

　　从此，这个乡下小女孩和这城市的报亭主，就结下了这段"情缘"。每周六下午，文叔就在这里等候小女孩，让女孩借助一根电话线和一个根本不存在的电话号码，实现了把人间和天堂、心灵与心灵连接起来的愿望。

为心灵找个栖息的地方

　　小女孩羡慕同伴可以给妈妈打电话，可以和妈妈说心里话，而自己却不能这样，因为她的妈妈已经离开了人世。可怜的小女孩只能借助一个根本不存在的电话号码，借助一个永远无法接通的电话和妈妈"通话"，来寄托对妈妈的思念。

　　我们不要认为小女孩的做法太幼稚，其实每个人都有思念，有牵挂，小女孩用特有的方式传达着自己的思念与牵挂。

　　生活中没有永远的一帆风顺。在我们碰到不如意的事时，要学会为心灵找一个港湾，这是调节心理最有效也是最神速的一剂良药。它能让我们在伤心绝望中再次看到希望的光芒，让沉重的心情变得轻松起来。

　　比如说，你的一次考试成绩没有达到理想的分数，在难过的同时，你就想想那些成绩比你低的人，然后对自己说"不怕，还有人比我差，我不是最差的！"但在自我安慰的同时，你应该激励自己更上一层楼，而不能因此原地踏步，那样就适得其反了！

　　在伤心的时候，假如能够为心灵找一个可以栖息的地方，相信我们一定会很快走出悲伤，去迎接新的生活。

高贵的施舍

杨汉光

一个乞丐来到我家门口，向母亲乞讨。这个乞丐很可怜，他的右手连同整条手臂都断掉了。空空的袖子晃荡着，让人看了很难受。我以为母亲一定会慷慨施舍的，可是母亲却指着门前一堆砖对乞丐说："你帮我把这堆砖搬到屋后去吧。"

乞丐生气地说："我只有一只手，你还忍心叫我搬砖。不愿给就不给，何必刁难我？"

母亲不生气，俯身搬起砖来。她故意只用一只手搬，搬了一趟才说："你看，一只手也能干活。我能干，你为什么不能干呢？"

乞丐怔住了，他用异样的目光看着母亲，尖突的喉结像一枚橄榄上下滑动两下，终于俯下身子，用他唯一的一只手搬起砖来，一次只能搬两块。他整整搬了两个小时，才把砖搬完，累得气喘如牛，脸上有很多灰尘，几绺乱发被汗水濡湿了，斜贴在额头上。

母亲递给乞丐一条雪白的毛巾。

乞丐接过去，很仔细地把脸面和脖子擦一遍，白毛巾变成了黑毛巾。

母亲又递给乞丐20元钱，乞丐用一只手接过钱，很感激地说："谢谢你。"

母亲说："你不用谢我，这是你自己凭力气挣的工钱。"

乞丐说："我不会忘记你的。"对母亲深深地鞠一躬，就上路了。

过了很多天，又有一个乞丐来到我家门前，向母亲乞讨，母亲让乞丐把屋后的砖搬到屋前，照例给他20元钱。

64

我不解地问母亲："上次你叫乞丐把砖从屋前搬到屋后，这次你又叫乞丐把砖从屋后搬到屋前。你到底想把砖放在屋前还是放在屋后？"

母亲说："这堆砖放在屋前和屋后都一样。"

我嘟着嘴说："那就不要搬了。"

母亲摸摸我的头说："对乞丐来说，搬砖和不搬砖可就大不相同了。"

以后还来过几个乞丐，我家那堆砖就被屋前屋后地搬来搬去。

几年后有个很体面的人来到我家。他西装革履，气度不凡，跟电视上那些大老板一模一样。美中不足的是这个大老板只有一只左手，右手是一条空空的衣袖，一荡一荡的。

老板用一只独手握住母亲的手，俯下身说："如果没有你，我现在还是个乞丐；因为当年你教我搬砖，今天我才能成为一家公司的董事长。"

母亲说："这是你自己干出来的。"

独臂的董事长要把母亲连我们一家人迁到城里去住，做城市人，过好日子。

母亲说："我们不能接受你的照顾。"

"为什么？"

"你之所有今天，全靠你自己的努力，当时我只是尽我所能地帮助你。"

董事长坚持说："我已经替你们买好房子了。"

母亲笑一笑说："那你就把房子送给连一只手都没有的人吧。"

相信自己的力量

在我们的眼中，施舍是一种对弱势群体充满仁慈的怜悯，就像我们会在乞丐面前的碗里随手丢下一个硬币，或者一个面包，我们的施舍，仅此而已。但故事中那位母亲对乞丐的施舍却很别具一格，她不像别人那样直接把钱递到乞丐的手里，而是通过让他干活的方式教会了乞丐一个道理：即使只有一只手，也完全可以撑起属于自己的一片天空。

无论是谁，总难免在生活中遇到挫折。面对挫折，每个人都有自己的方式。或者向挫折低头，从此一蹶不振；或者调整自己，争取下一次的成功。在很多不利因素面前，意志薄弱者通常会选择放弃，然后放下自己的尊严，从此以向别人乞讨为生。在他们向他人伸出乞讨之手的同时，他们也将自己的尊严践踏得分毫不剩。

其实挫折并没有我们想象的那么可怕，我们也不会是世界上最可怜的人。曾经有这样一个故事，一个男孩因为一次意外的事故只剩下了两个手指，但是他一点都没有被挫折吓倒，他说他可以用两个指头来打响指，用来代替鼓掌。这是一个多么坚强的生命，两个指头，照样可以为生命喝彩。

因此，我们要充分相信自己的力量，不要将自己否定得一无是处。相信自己，不是不听别人劝告的我行我素，而是具备乘风破浪的勇气，是勇往直前的坚强信念。相信自己，一切才有可能。

因为爱你

朱慧琪

一天放学时，班主任朱老师说本周星期六上午开家长会，每位家长都必须到会。每次期中考试之后，朱老师都要召开一次家长会。朱老师还说，这次会议很重要，能增进老师与家长的交流，准确掌握学生的思想动态。

家长会当然要公布每一位同学的成绩。但小琴怕开家长会，并不是她考得不好，而是这次家长会她爸爸不能来。

朱老师问："谁的家长不能来，请举手。"小琴犹豫再三后，还是把手举了起来。老师问："前几次你爸爸不是来了吗？为什么这次不能来？""我爸爸外出工作去了。""那叫你妈妈来吧！""不，不。"小琴有些急了，说："我妈妈不能来，因为……她从未参加过这样的会议。"老师笑了，说："这不是理由，叫你妈妈一定要来！"

小琴回到家，妈妈正在做晚饭，尽管她忙得不可开交，但还是向小琴做了个"我爱你"的手势。以前小琴高兴地回妈妈一个吻，或者说："我也爱你。"可是这时，小琴只看了妈妈一眼，目光就慌忙地躲开了，一句话也没有说，低着头走进了自己的房间。

小琴的妈妈是个哑巴，所以每次都用手来表示她很爱小琴。小琴是个爱学习的女孩，平时只要坐下来就投入到课本中去。可是这天一个字也看不进去，看见书上的字就像密密麻麻的蚂蚁，心里乱极了。咚咚，是妈妈在敲门，小琴忙收回心思，开门见妈妈做了个吃饭的手势，就起身来到饭桌边。妈妈做了很多小琴喜欢吃的菜，

可小琴一口也吃不下去。妈妈见状，摸了摸她的头，小琴忙说："没事，只是心里有点不舒服。"妈妈没太在意。小琴看着妈妈，妈妈长得很漂亮。小琴听爸爸说，妈妈生下她就得了重病，以后就再也不能说话了。

小琴轻轻叹了口气，在心里对妈妈说：明天就要开家长会了。我多么想让你参加，可又不能让你去。如果同学们知道你是一个哑巴，会怎样看我呢？更重要的是，不能让你受到伤害——我们班的同学最会取笑人了。

到了周六的上午，家长们按时来到教室，坐到自己孩子的座位上。规定的时间到了，朱老师走上讲台说："各位家长，再耽误你们几分钟，还有一位家长没到。"小琴趁等待的时间数了一下，有49位家长到了，班上有50位同学。朱老师说的莫非是……小琴想到这儿不由得紧张起来。

就在她忐忑不安时，教室门口出现了一位漂亮的中年女子。妈妈！站在门口的是妈妈。她怎么会来？小琴压根儿就没告诉妈妈今天开家长会。

"赵琴同学，请把你妈妈领到你的座位上去。"朱老师说道。小琴面红耳赤地向妈妈走去，妈妈向大家打了个手势。"赵琴，请把你妈妈的手语翻译一下。"小琴先是一愣，然后说："我妈妈向大家问好并道歉。她迟到了一会儿。"

大家立即明白这是一位哑巴妈妈，都报以友好的微笑，还热烈地鼓掌欢迎。小琴走到妈妈面前，轻轻说："您怎么来了？"妈妈脸一红，做了一个手语，意思是"因为爱你！"

小琴的眼眶一下潮湿了，怕自己流下泪来，忙转过身去，牵着妈妈的手走向那唯一的空位。

亲情无价母爱无言

　　女孩因为妈妈是个哑巴，心里就多了一份顾虑，虽然她很爱她的妈妈，但她还是害怕同学们知道她的妈妈是哑巴。学校的家长会让女孩感到了为难，因为她也害怕同学的取笑会伤害到善良的妈妈。但妈妈还是如期出席了家长会，当别人以热烈的掌声对妈妈表示欢迎时，女孩终于如释重负；当妈妈对女孩说是因为爱她所以才来参加时，女孩终于知道了妈妈的心是多么无私，妈妈的爱是多么伟大。

　　世界上的爱有千万种，唯有母爱最无私；世界上的情有千万种，唯有亲情最永恒。亲情是无法用价钱来衡量的。它是无价的，因为它不是商品，所以它无法用货币来交换。

　　父母与我们之间的亲情是无价的，虽然它没有钻石的晶莹，翡翠的夺目，珍珠的耀眼，但它拥有一种平凡、简洁与质朴，拥有最原始的美。

　　亲情无价，它没有雍容华贵，也没有金碧辉煌，它舍去了繁花似锦，却留下了浓浓的回味。亲情只是生活中的最平凡的细节，我们无法用权力来霸占它，因为它从来就不是权力征服的对象；也无法用金钱来购买它，因为它从来就不是商品，但我们可以用整个生命去享受它，去回报它。

富裕的心

·· 艾迪 著

我永远不会忘记 1946 年的复活节。那时，父亲已去世 5 年，只有 16 岁的达莲娜，14 岁的我和 12 岁的欧茜与母亲相依为命。尽管妈妈要供养 3 个正在上学的孩子，生活极简朴，但我们的小屋里每天都有歌声和笑声。

复活节的前一个月，教堂里的神甫号召所有的教友都攒一点钱，好在复活节时捐给穷人。他说，这是我们帮助那些同样身为天主的孩子却为现实生活所累的人们的一个实在的做法。一回到家，我们就热烈地讨论详细的攒钱计划。妈妈建议接下来的这个月，我们应该去买 50 磅土豆作为一个月的口粮，这样的话，我们就可以省下 20 美元。不过，她保证每天都为我们做出不同口味的土豆，比如煎土豆，烤土豆，土豆泥，土豆饼……哇！我的口水都流出来了。然后，我们又想方设法节省其他开支，例如，尽量少开灯，甚至不听收音机。达莲娜提出她尽可能出去找一些帮助别人打扫房间和院子的活，而我和欧茜则可以帮人看孩子。后来我们甚至做起小买卖。妈妈花 15 美元买回一些线圈，我们将它们加工成壶柄拿到市场上去卖，竟然小赚了 20 美元。我们的生活在那个月变得忙忙碌碌。然而，每当大家围在一起，一分一厘数着辛辛苦苦攒下的钱时，所有的疲乏与奔波之苦就被巨大的成就感扫荡得一干二净。在寂静的夜里，坐在黑暗中，我们凝视天空中的星星，想象那是一张张舒心的笑脸，想象穷人接到捐款后的喜悦。

　　我们堂区共有八十多个教友，如果每家都捐一点钱，那该能帮助多少穷人啊！每个周日，神甫都会在弥撒中为穷人祈福，并提醒大家应该将天主的爱无私地与他们分享。

　　眼看复活节一天天近了。我们开始兴奋得睡不着觉。我们已攒下70美元，这是多么大的一笔数目啊！这个复活节，我们没有新衣服穿，可这又有什么呢？我们一心想着捐款的神圣时刻。

　　复活节那天早上，天主似乎有意考验我们，一场倾盆大雨企图将我们堵在室内。我们没有伞，但还是冲进大雨中奔跑了足有一公里赶到教堂。我们身上的衣服淋得透湿，但我们用塑料袋包起来的70美元却干干爽爽！

　　教堂里的孩子们开始小声议论，有的还拿手指着我们的旧衣服，吃吃地笑。这时妈妈走向我们并用她那温暖柔软的手牵住我和欧茜，望着她挺直的腰板和从容的微笑，我握紧了手里的70美元。那一时刻我感到自己真是无比富有！

　　募捐开始了，妈妈分给我们三个孩子每人一张20美元的钞票，然后自己拿着一张10美元的纸钞率先投入募捐盒。接着达莲娜、我和欧茜都郑重地投入了自己的一份。

　　回家的路上，我们高声唱着歌曲，雨后的天空天高云阔。我们的喜悦在午餐时达到了高峰。妈妈为我们准备了丰盛的复活节午餐——炸土豆和复活节煮鸡蛋。大吃一顿后，我们坐在屋里聊天，聊那些收到捐款的穷孩子也可以吃上鸡蛋，也可以上学，也可以和我们一样高声唱歌……

　　一阵敲门声打断了我们，妈妈走过去开门，原来是神甫。神甫笑着和我们打招呼："嗨，孩子们！看来你们的复活节过得不错呀！""是的，神甫！"我们的心因为爱而异常欢快。神甫在门口和妈妈说了一句话，并递给她一个信封，然后便离开了。妈妈走进屋时，我们纷纷猜测信封里是什么。然而，我发现妈妈的脸上掠过

一丝难过的神情，她一句话没说，打开信封，一叠纸滑落在桌上。那是几张纸钞——3张20美元，1张10美元以及17张1美元！就在那一刻，我还没来得及问一句"为什么……"，一个"穷人"的画面已跃入我的脑海！这画面一出现就在我脑子里跳个没完，如利刃般刮着我的神经！

一直以来，我都为"穷人"难过，因为他们没有我这样的妈妈，这样的弟兄姐妹，不像我们整天有说有笑。虽然我们家没有全套的银餐具，吃饭时妈妈把仅有的几只银刀叉奖给每天最乖的孩子，但我们却视为一种极大的乐趣。虽然我们都知道没有鲍勃家的银烛台，没有玛丽家的留声机，但我们从来没意识到自己属于穷人的行列！可在那个复活节，我知道了我们是穷人，因为神甫为我们送来了给穷人捐的钱。在他的眼里，也许在很多人的眼里，我们一直就是穷人！我这才意识到我身上破旧的衣服和鞋，我的小屋子，所有目之所及都告诉我一个残酷的事实：我们是穷人！我们心里生出一种从未有过的羞辱感，想起今天在教堂里那么多人对我们指指点点，我决定再也不去教堂了。

对了，还有学校！虽然在九年级100多名学生中，我的成绩数一数二，但现在我怀疑所有那些同学看我的眼光中，怜悯和同情占了多数，我恨不得立即退学，反正我完成了法定的八年义务教育。

接下来的一整星期，我们默默地上学、放学，想尽办法从同学们眼中消失，彼此也不愿交谈。终于熬到了周六，妈妈郑重地询问我们该如何处置那笔钱。看着那个刺眼的信封，我们茫然无措。穷人该怎么花钱？我们不曾知道，因为我们从未认为自己是穷人。然而，无论如何，我们是不愿去周日的弥撒了，但妈妈坚持要去。

我们故意在教堂后面一个角落坐下，所有的程序此时都显得漫长而难挨。最后，牧师讲话，他提到在非洲有一些贫困却虔诚的教友顶着烈日盖教堂，却因资金短缺教堂的顶部迟迟不能完工。他说，只要100美元我们就可以帮助他们盖一个漂亮的教堂顶了。

突然，一只手搭在我的肩膀上，我看见达莲娜冲我微笑着，递给我那个装着87美元的信封，妈妈也在一旁鼓励地看着我。我突然明白了什么，接过信封，牵起欧茜一起走向圣坛。欧西将信封投进了募捐盒。

募捐结束后，牧师清理了所有的募捐，最后他兴奋地宣布，捐款超过了100美元。他说没有料到在我们这个小教堂能一下子筹到这么一大笔捐款，他肯定在座的人中一定有富人。

我们就是牧师所说的"富人"了？我们就是他所说的"富人"！那一瞬我的心快跳出了嗓子眼——牧师承认我们并不贫穷！

从那天开始，我知道我们都有一颗富有的心。

做 个 富 有 的 人

在复活节前夕，男孩和他的家人一起努力攒钱，打算捐给那些穷人。虽然他们的生活也很艰辛，但快乐的心弥补了所有的缺憾。但当他们充满自豪感地将钱都捐出去，并觉得自己很富有时，他们收到了神甫送来的钱，这意味着他们并不富有，他们是被救助的穷人！男孩感到无比难过。但过后不久的一件事改变了他的想法，母亲鼓励他把那87美元都捐给非洲，神甫在意外的同时确信捐款的人中一定有富人，而他们正是神甫所说的富人！

贫和富在一瞬间发生了巨大的转变，原来衡量贫富并不是以拥有金钱的多少为准则，而是心中是否有爱。当你可以倾其所有来帮助别人时，即使只是杯水车薪，你一样是个富有的人。

有这样一个故事：一个小姑娘为了让她生病的妈妈吃上海鱼，苦苦攒了2.16元钱，她每天徘徊在卖鱼罐头的货架前，却知道自己的钱远远不够。有一天她终于向老板开口了，但又尴尬地看了看手中的钱。老板包起价值12.6元的鱼罐头递给小姑娘，说："你的钱刚刚好。"小姑娘很开心地走了。

　　他们都是平凡的人，但都有着一颗富裕的心。小姑娘的心里装的不是自私的贪欲，而是善良、孝敬和关爱别人；老板心里装的不是金钱，而是仁爱和宽容。

　　我们不仅仅需要物质上的富有，更重要的是有一颗"富有"的心。在人生的长路上，你无法预计前方的风景，但只要心里装着别人，你就是一个快乐的人，同时也是最富有的人。

妈妈的银行存款

........................[美] 凯瑟琳·福伯斯 著　张建军 译

每到星期六的晚上，妈妈照例坐在擦干净的饭桌前，皱着眉头归置爸爸小小的工资袋里的那点钱。

钱分成好几摞。"这是付给房东的。"妈妈嘴里念叨着，把大的银币摞成一堆。

"这是付给副食商店的。"又是一摞银币。

"凯瑞恩的鞋要打个掌子。"妈妈又取出一个小银币。

"老师说这星期我得买个本子。"我们孩子当中有人提出。

妈妈脸色严肃地又拿出一个 5 分的镍币或一角银币放在一边。

我们眼看着那钱堆变得越来越小。最后，爸爸总是要说："就这些了吧？"妈妈点点头，大家才可以靠在椅子背上松口气。妈妈会抬起头笑一笑，轻轻地说："好，这就用不着上银行取钱了。"

妈妈在银行里有存款，真是件了不起的事。我们都引以为荣。它给人一种暖呼呼的、安全的感觉。我们认识的人当中还没有一个在城里的银行有存款的。

我忘不了住在街那头的简森一家因交不起房租被扫地出门的情景。我们看见几个不认识的大人把家具搬走了，可怜的简森太太眼泪汪汪的，当时我感到非常害怕。这一切会不会、可不可能也落到我们的头上？

这时戴格玛滚烫的小手伸过来抓住我的手，还轻轻地对我说："我们银行里有存款。"马上我觉得又能喘气了。

莱尔斯中学毕业后想上商学院。妈妈说："好吧。"爸爸也点头表示同意。

大家又急切地拉过椅子聚到桌子面前。我把那只漆着鲜艳颜色的盒子拿下来，小心翼翼地放在妈妈面前。那盒子是西格里姨妈有一年圣诞节时从挪威寄给我们的。

这就是我们的"小银行"。它和城里的大银行不同之处在于有急需时就用这里面的钱：昆斯廷摔断胳膊请大夫时动用过；戴格玛得了重感冒，爸爸要买药的时候用过。

莱尔斯把上大学的各类花销——学费多少，书费多少，列了一张清单。妈妈对着那些写得清清楚楚的数字看了好大一会儿，然后把小银行里的钱数出来。可是不够。

妈妈闭紧了嘴唇，轻声说："最好不要动用大银行里的钱。"

我们一致同意。

莱尔斯提出："夏天我到德伦的副食商店去干活。"

妈妈对他赞赏地笑了一笑。她慢慢地写下了一个数字，加减了一番。爸爸很快地心算了一遍。"还不够，"他把烟斗从嘴里拿下来端详了好一会之后，说道："我戒烟。"

妈妈从桌子这边伸出手，无言地抚摸着爸爸的袖子，又写下了一个数字。

我说："我每星期五晚上到桑德曼家去看孩子。"当我看到几个小妹妹眼睛里的神情时，又加了一句："昆斯廷、戴格玛和凯瑞恩帮我一起看。"

"好。"妈妈说。

又一次避免了动用妈妈的银行存款，我们心里感到很踏实。

即使在罢工期间，妈妈也不多让我们操心。大家一起出力干活，使得去大银行取钱的事一再拖延。这简直像游戏一样有趣。

把沙发搬进厨房我们都没有意见，因为这样才可以把前面一间房子租出去。

在那段时间，妈妈到克茹帕的面包房去帮忙。得的报酬是一大袋发霉的面包和咖啡蛋糕。妈妈说，新鲜面包对人并不太好。咖啡蛋糕在烤箱里再烤一下吃起来和新出炉的差不多。

爸爸每天晚上到奶制品公司刷瓶子。老板给他3夸脱（1夸脱等于1.14公升）鲜牛奶，发酸的牛奶随便拿。妈妈把酸了的奶做成奶酪。

最后，罢工结束了，爸爸又去上工。那天妈妈的背似乎也比平时直了一点。

她自豪地环顾着我们大家，说："太好了，怎么样？我们又顶住了，没上大银行取钱。"

后来，好像忽然之间孩子们都长大工作了。我们一个个结了婚，离开家了。爸爸好像变矮了，妈妈的黄头发里也闪烁着根根白发。

在那个时候，我们买下了那所小房子，爸爸开始领养老金。

也在那个时候，我的第一篇小说被一家杂志接受了。

收到支票的时候，我急忙跑到妈妈家里。把那张长长的绿色的纸条放在她的膝盖上。我对她说："这是给你的，放在你的存折上。"

她把支票在手里捏了一会，说："好。"眼睛里透着骄傲的神色。

我说："明天，你一定得拿到银行里去。"

"你和我一起去好吗，凯瑟琳？"

"我用不着去，妈妈。你瞧，我已经签上字把它落到了你的户头上。只要交给银行营业员，他就存到你的账上了。"

妈妈抬头看着我的时候，嘴上挂着一丝微笑。

"哪里有什么存款，"她说，"我活了这一辈子，从来没有进过银行的大门。"

精神的力量

在那个困难的时代，如果能在银行有存款，相信每一个人的心里都会踏实许多。毕竟，心里有所依靠，惶恐就会少很多。尽管没有人知道妈妈为什么有一笔存款，但所有人都确信这是一个事实。就这样，靠着这种无形力量的支撑，一家人走过了贫困的岁月。

母亲是聪明的，她用一个信念支撑起了全家的希望。这个信念在那样一个特殊的环境下，发挥了极其重要的作用。这也不能不让我们想到一个信念对人的巨大作用，这种精神的力量在任何时候，都是无法忽视的。

精神虽然是无形的，可它有时候比有形的东西都要强大得多。还记得我们读过的《最后一课》吗？那位老师就是为了能用法语讲课，不惜冒着生命的危险，也要上这最后一课。其实一节课对他的学生来说，并不会产生多大的作用，但他的这种精神，无疑对那些孩子产生了巨大的作用，这或许也是法国为何始终强大的原因。

一个国家如果有这样的精神传播者，整个民族都会充满希望。哪怕过了百年千年，只要精神不死，这个民族就永远不会消亡。同样的道理，一种精神也可以挽救一个家庭，即使是在最艰难的岁月，只要心中还有这样不屈的信念，一切困难就都能够克服。

无论什么时候，我们都要燃起心中信念的火焰，让精神的力量支撑我们走到获得成功的那个瞬间。

病房里的感动

······张燕梅

晚上 9 时，医院外科 3 号病房里新来了一位小病人。小病人是个四五岁的女孩。女孩的胫骨、腓骨骨折，在当地做了简单的固定包扎后被连夜送到了市医院，留下来陪着她的是她的母亲。

大概因为是夜里，医院又没有空床，孩子就躺在担架上放在病房冰冷的地板上。孩子的小脸煞白，那位母亲一直用自己的大手握着孩子的小手，跪在孩子的身边，眼睛一眨也不眨地盯着孩子的小脸。

"妈妈，给我包扎的叔叔说过几天就好了，是不是？"

"是！"母亲的脸上竟挂着慈爱的笑，好像很轻松的样子。

"妈妈，那要几天？"孩子的声音很小。

"用不了几天，孩子！"

孩子没有说话，闭上眼睛，眼泪流了出来。

过了一会，孩子说："妈妈，我疼！"

母亲弯下身子，把自己的脸贴在孩子的小脸上，用自己的脸擦干孩子的泪水。当她抬起头的时候脸上依然挂着那种轻松的慈爱的笑："妈妈给你讲故事好吗？"孩子点点头，眼泪还是不停地流下来。

母亲讲的故事很简单：大森林里的动物们都来给大象过生日。它们各自都送给大象最珍贵的礼物，只有贫穷的小山羊羞怯地讲了一个笑话给大象，大象却说，小山羊给大家带来了欢乐，它的礼物是最值得珍惜的。

不知道母亲为什么选了这样一个故事。孩子的眼睛亮起来，她

一边用手抹眼泪，一边用快活的声音说："妈妈，它们有蛋糕吗？我过生日的时候你是不是也会给我买最大的蛋糕？"

"当然要买蛋糕，等你好了，出院的时候我们就一起去买蛋糕。"母亲的声音那样轻快，孩子也笑了！"妈妈，再讲一遍。"于是，母亲就一遍一遍地讲下去，她的手一直握着孩子的小手，脸上挂着轻松的慈爱的笑。

女孩终于忍不住了，眼泪再次流下来："妈妈，我很疼！"并轻声哼起来。母亲一边给孩子擦眼泪一边问："你想大声哭吗？"孩子点点头。病房却是出奇的安静，不知道大家是不是都睡了。那时已经是夜里 11 点多了。

"让妈妈一起陪你疼好吗？"孩子点点头又摇摇头。母亲把自己的手放在孩子的唇边说："疼，你就咬妈妈的手。"孩子咬住了妈妈的手，可是眼泪还是不停地流。

后来，孩了终于闭上眼睛睡着了，脸上还挂着泪水，母亲这时却是泪流满面。

凌晨 3 点的时候，孩子就从梦中疼醒了，她叫了一声"妈妈"就轻轻地抽泣起来。母亲忽然没有了语言，她不知所措了，嘴里只是轻轻地叫着："我的孩子！"

"孩子要哭，你就让她大声地哭吧。"一个声音在房间里响起。"孩子你哭吧。"房间里的人一起说。他们竟是醒着的。

母亲看着孩子的脸，说："想哭就哭吧，好孩子。"

"妈妈，叔叔、阿姨不睡了吗？"孩子哽咽着问，眼泪浸湿了她的头发。她的小脸像个天使。

屋子里能走动的人都走到了孩子的跟前，一名 40 岁左右的妇女拿起一个橘子，一边剥皮一边说："吃个橘子吧，小宝贝，吃了橘子你就不疼了。"说着眼泪滚落在孩子的脸上。孩子吃惊地看着她，然后伸出自己的小手去擦阿姨脸上的泪，那女人更止不住地哭泣起

来："我从来没看到过这么懂事的孩子……"

那一夜，大家都没有再睡，大家都被感动着，被那孩子感动着，被孩子的母亲感动着。有一个称职的母亲才会有这样优秀的孩子。

流着泪的坚强

这真是一个懂事的孩子。身受重伤，躺在冰冷的担架上，默默地承受着"疼"的折磨。她尽量不哭，也不想让妈妈知道她很疼，但是她毕竟只是一个小孩子，她的承受能力是有限的，即使是一个大人，也无法承受这样的疼痛，何况一个孩子。只有实在忍不住的时候，她才轻轻地跟妈妈说她疼。妈妈为了转移她的注意力，给她一遍一遍地讲故事，然而这又怎么能让一个骨折的女孩完全忘记疼痛呢？

这是一对坚强的母女，面对伤痛，她们一起承担，一起向困难挑战。如此懂事的女孩，她的坚强毫无疑问是受到妈妈的影响，只有一个称职的母亲，才能培养出如此优秀的女孩。

爱因斯坦曾经说："苦和甜来自外界，坚强则来自内心，来自一个人的自我努力。"面对生活的不幸，我们必须要选择坚强，即使是流着泪的坚强。无论何时，我们都要拥有坚强的意志。当然，要拥有坚强的意志，必定要经过艰难、困苦和不幸的磨炼。一个意志坚强的人，往往对自己的行为和目的有一个清醒而深刻的认识，并且能在复杂的情境中冷静而迅速地做出，毫不迟疑地采取坚决的措施。在碰到挫折和失败的时候，意志坚强的人可以调节自己的消极情绪，控制自己的言行；面对胜利和成功，他们也不骄傲，不自满。

坚强，对我们的一生意义非凡。即使脸上挂着泪水，我们也要拥有一颗坚强的心。

感恩的心

石头海

"我来自偶然，像一颗尘土／有谁看出我的脆弱／我来自何方，我情归何处／谁在下一刻呼唤我／天地虽宽，这条路却难走／我看遍这人间坎坷辛苦……"

这是我五天前刚学会的一首手语歌《感恩的心》。很美的音乐，很美的歌词，却只能用无声的语言来表达它深刻的内涵。我回来以后的第一件事就是从网上下载这首歌，把它存在我的电脑里，一遍一遍地听，一遍一遍地教我的孩子做着手语。

我给她讲了一个故事，关于这首歌的由来。

有一个天生失语的小女孩，爸爸在她很小的时候就去世了。她和妈妈相依为命。妈妈每天很早出去工作，很晚才回来。每到日落时分，小女孩就开始站在家门口，充满期待地望着门前的那条路，等妈妈回家。妈妈回来的时候是她一天中最快乐的时刻，因为妈妈每天都要给她带一块年糕回家。在她们贫穷的家里，一块小小的年糕都是无上的美味了啊。

有一天，下着很大的雨，已经过了晚饭时间了，妈妈却还没有回来。小女孩站在家门口望啊望啊，总也等不到妈妈的身影。天，越来越黑，雨，越下越大，小女孩决定顺着妈妈每天回来的路自己去找妈妈。她走啊走啊，走了很远，终于在路边看见了倒在地上的妈妈。她使劲摇着妈妈的身体，妈妈却没有回答她。她以为妈妈太累，睡着了，就把妈妈的头枕在自己的腿上，想让妈妈睡得舒服一点。但是这时她发现，妈妈的眼睛没有闭上！小女孩突然明白：妈妈可

能已经死了！她感到恐惧，拉过妈妈的手使劲摇晃，却发现妈妈的手里还紧紧地攥着一块年糕……她拼命地哭着，却发不出一点声音……

雨一直在下，小女孩也不知哭了多久。她知道妈妈再也不会醒来，现在就只剩下她自己。妈妈的眼睛为什么不闭上呢？她是因为不放心她吗？她突然明白了自己该怎样做。于是擦干眼泪，决定用自己的语言来告诉妈妈她一定会好好地活着，让妈妈放心地走……

小女孩就在雨中一遍一遍用手语"唱"着这首《感恩的心》，泪水和雨水混在一起，从她小小的却写满坚强的脸上滑过……"感恩的心，感谢有你，伴我一生，让我有勇气做我自己……感恩的心，感谢命运，花开花落，我一样会珍惜……"她就这样站在雨中不停歇地做着，一直到妈妈的眼睛终于闭上……

我给孩子讲完这个故事，发现她的小脸上已经挂满了泪珠。她真的很伤心，不停地抽泣着。她说小女孩真可怜，她的妈妈真可怜。我不知道她能不能明白这首歌的真正含义，但是我相信到某些特定的时刻她一定会想起这首歌，想起这个小女孩，她会珍惜自己的生命，用一颗感恩的心去面对生命中的坎坷辛苦，无论多大的风雨，她都可以勇敢地去面对，永不放弃。

要有一颗感恩的心

这是一个感人的故事，有让我们落泪的情节，也有深深的思考。每当《感恩的心》那熟悉的旋律从耳畔飘过，我的心里总会升起一种圣洁和宁静的感觉，那时候，我还不知道这首歌的背后有一个让人如此心痛的故事。虽然小女孩的妈妈走了，但她早已教会了女孩用一颗感恩的心去面对生命中的坎坷和风雨，无论什么时候，永不放弃。

"感恩"的心，就是对世间所有人所有事物给予自己的帮助表

示感激，铭记在心。"感恩"的心是我们每个人生活中不可或缺的阳光雨露，少了它，我们的生命就会枯萎。无论你是出身豪门，还是普通百姓；无论你是生活在繁华的都市，还是在安谧宁静的乡间，只要你常常怀着一颗感恩的心，你就会获得诸如温暖、自信、坚定、善良等等这些美好的品格。

感恩是我们每个人应有的基本道德准则，是做人的起码修养。俗话说，鸦有反哺之义，羊有跪乳之恩，更何况热血沸腾的我们。在生活中，我们也会看到有些人并不具备感恩的心。不懂感恩，也就意味着失去了爱的感情基础，他的生活会因此而黯然失色。

所以，我们每个人都应该学会感恩。感谢父母的养育之恩，感谢老师的教诲之恩，感激同学的帮助之恩，感恩一切善待帮助自己的人……学会感恩，就是要学会懂得尊重他人，对他人的帮助时时怀有感激之心；学会感恩，就是让我们懂得用心去关爱每一个需要帮助的人。

感恩的心，你是否拥有？

樱桃树下的母爱

檀小鱼 译

蒂姆四岁这年，一贯花天酒地的父亲向母亲提出了离婚。母亲带着他搬到了马洛斯镇定居。

马洛斯镇尽头有一个大型的化工厂，工厂附近有许多美丽的樱桃树，蒂姆一眼就喜欢上了这里。

蒂姆在新的环境中生活得十分愉快。他喜欢拉琴，每天都拿着心爱的小提琴来到院子里的樱桃树下演奏。

伊扎克·帕尔曼是蒂姆最喜欢的小提琴家，他跟蒂姆同样小时便患上了小儿麻痹症，成为终生残疾，无法站立演奏，但他却以超常的毅力克服困难，最终成为世界级小提琴大师。母亲常以此激励蒂姆，蒂姆也没有辜负母亲，几年过去了，他的琴技日渐提高，悠扬的乐声是他们生活中最美妙的伴奏。

不幸还是再一次降临到了这对母子身上。化工厂发生了严重的毒气泄漏事故，距离化工厂最近的蒂姆家受到了严重的影响。蒂姆时常恶心、呕吐，最可怕的是他的听力开始逐渐下降。医生遗憾地表示蒂姆的听觉神经已严重损坏，仅保有极其微弱的听力。

母亲狠下心把蒂姆送到了聋哑学校，她知道要想让儿子早日从阴影里走出来，就必须尽快接受现实。医生提醒过，由于年纪小，蒂姆的语言能力会由于听力的丧失而日渐下降，因此即使在家里，母亲也逼着蒂姆用手语和唇语跟她进行交流。在母亲的督促和带动下，蒂姆进步得很快，没多久就能跟聋哑学校的孩子们自如交流了。樱桃树下又出现了蒂姆歪着脑袋拉琴的小小身影。

看到儿子的变化，母亲很是欣慰。和以前一样，每次只要蒂姆开始在樱桃树下拉琴，她都会端坐在一边欣赏。不同的是，演奏结束后母亲不再是用语言去赞美，取而代之的是她也日渐熟练的手语和唇语，以及甜美的微笑和热情的拥抱。

可蒂姆的听力太有限，他很想听清那些美妙的旋律，但他听到的只有嗡嗡声。蒂姆很沮丧，心情一天比一天坏。

看儿子如此痛苦，母亲不禁也伤心地流下泪来。一天，母亲用手语对蒂姆"说"道："孩子，尽管你不能完全听清楚自己的琴声，但你可以用心去感觉啊！"

母亲的话深深印在了蒂姆心里，从此他更刻苦地练琴，因为他要用心去捕获最美的声音。为了让蒂姆的琴技更快地提高，母亲还想出了一个妙招——镇上没有专业教师，母亲就用录音机录下蒂姆的琴声，然后再乘火车找城里的专家进行评点。为了避免有所遗漏，她还麻烦专家把参考意见一条条地写下来，好让蒂姆看得清楚。

可蒂姆发现，只要自己演奏较长的乐曲，有时明明超过了50分钟，早到了该翻面的时候，可母亲还看着自己一动不动。事后蒂姆提醒母亲，母亲忙说抱歉，笑称自己是听得太入迷了。后来，只要录音，母亲都会戴上手表提醒自己，再也没出现过任何疏漏。

樱桃树几度花开花落。在法国的一次少年乐器演奏比赛上，蒂姆以其精湛的技艺和昂扬的激情震撼了在场所有的评委，当之无愧地获得了金奖。而当人们得知他几乎失聪时，更是觉得他的成功不可思议。许多人把他称为音乐天才。更幸运的是，蒂姆的听力问题也受到了医学界的关注，经过巴黎多位知名专家的联合会诊，他们认为蒂姆的听力神经没有完全萎缩，通过手术有恢复部分听力的可能。

手术很快实施了，术后的效果很理想，医生说再戴上人造耳蜗，蒂姆的听觉基本上就能与常人无异了。

这段时间，母亲一直陪伴在蒂姆身边。戴上耳蜗的这天，蒂姆表现得特别兴奋,他用手语告诉母亲"从现在起,我要学习用口说话,您也不必再用手语和唇语,跟我交流了。"他甚至激动地拉起了小提琴,用结结巴巴的声音说,"母亲,我能听见了,多么美的声音啊!"然后他又问道,"母亲,您最喜欢哪首曲子,我现在就拉给您听好吗?"

但奇怪的是，母亲似乎根本没有听见他的话，她依然坐在那里含笑看着他，保持着沉默。蒂姆又结结巴巴地问："母亲，您怎么不说话啊?"这时，护士小姐走了过来，她告诉蒂姆，他的母亲早已完全失聪。蒂姆睁大了眼睛，直到这时，他才知道了真相：原来，在那次毒气泄漏事故中损坏了听觉神经的不只是他，还有他的母亲，只是为了不让蒂姆更加绝望，母亲才一直将这个痛苦的秘密隐藏到现在。母亲的绝大部分时间都是和蒂姆用手语和唇语交流，因为很少开口,如今都不怎么会说话了。蒂姆想起年少时对母亲的种种误解，不由得抱着母亲痛哭起来。

蒂姆和母亲回到了家中,初春时节,在开满粉红花瓣的樱桃树下,伴着柔柔的和风,蒂姆再次为母亲拉起了小提琴。他知道，母亲一定听得到自己的琴声，因为她是用心去感受儿子的爱和梦想。虽然他当年在母亲那儿得到的只是无声的鼓励，但这其实是一个伟大的母亲奉献给儿子的最振聋发聩的喝彩。

神奇的母爱

故事很感人，几乎每一个读者在读过之后都会心头为之一震。由于意外的灾难，母亲和蒂姆都失聪了，但蒂姆对母亲失聪的事却全然不知。蒂姆在母亲的支持之下，最终成为有名的小提琴演奏家，是神奇的母爱为几近绝望的蒂姆撑起了一片希望之伞，直到他成名。

母亲语重心长地对男孩说："孩子，尽管你不太可能听清楚自己的琴声，但你可以去用心听，去感受。"也许就是母亲的这句话，

启发了蒂姆的心灵，让蒂姆在黑暗中看到了一丝阳光，在冰冷中得到温暖，更让蒂姆把绝望变成了希望。这句话蕴藏着母亲无私、深沉的爱，就像那海里翻滚的浪花一样，一层涌着一层。母爱虽平凡，但在蒂姆心中，它却有排山倒海的气势，可以说，如果没有这种排山倒海的气势，蒂姆很难活到今天，更不可能取得如此成就。

母爱，虽然平凡，但它却用生命的形式去哺育着我们，它如涓涓的溪流，清澈透明；它如绚丽的烟火，燃烧自己，照亮别人；它如蔚蓝的天空，湛蓝宁静，清丽异常。无论是神圣还是纯洁，都不足以描绘出母爱的个性。每一个母亲的身上都蕴藏着无限的力量，这种力量支撑着我们在成长的路上坚强地走着，在追逐梦想的路上永不放弃。

母爱如活泼欢快的小溪，伴随着我们从无知到懂事，带我们走进了梦幻般的童年，又带我们从童年走到了今天。

三件 99 块

王文华

哥哥一家人带妈妈去淡水玩，回来后我问她玩了哪些地方、吃了什么东西。她没有说出著名的渔人码头或阿给，反倒是兴奋地说："我帮你买了几条裤子！"我从她手上接过一个红白相间的塑料袋，把里面的东西拿出来一看，是三件一套的内裤。虽然有"Burberry"的格子花纹，牌子却叫作"Giannetto"。

"是名牌吗？"妈妈问我。"哇，是意大利的！"我假装兴高采烈地说。

她流露出骄傲的表情："我很会买吧，意大利的，三件才 99 块！"

周末时，妈妈常会到我家，帮我整理东西、洗洗衣服。每次来时，她总是要数落我一遍。"你发什么神经，买这么大的垃圾袋？76 公升？你一个人住，哪来这么多垃圾？"

"哎呀，妈，没关系啦，反正垃圾袋很便宜嘛！""76 公升的垃圾袋一包多少钱？""哎呀，几十块而已啦。"其实我根本不知道多少钱，敷衍敷衍她。

后来一个星期天中午，全家正和乐融融地吃午饭时，她突然在欢乐的气氛中冒出一句："我昨天去便利商店问，他们说 76 公升的垃圾袋一包要三百四十二块。你是骗我还是根本不知道多少钱？"我嚼着白饭，哑口无言，"三百多块买根本要丢掉的东西，你神经病喔！"等到我们已经吃完饭在吃水果了，她一边看华视劲歌金曲还一边咕哝："这么浪费，有一天会身败名裂！"

妈妈不花钱买垃圾袋，因为她的世界垃圾其实不多。在有"环

保"这个观念之前，妈妈已经在做"垃圾回收"。"这么漂亮的领带，要丢掉啊？这个计算机键盘很好啊，擦一擦还可以用吧！"我的垃圾，被她收了回来，洗干净以后，像新的一样。我放弃的理想，被妈妈找了回来，她告诉我只要我努力，有一天我会闪闪发光。

因为妈妈节省的个性，很多时候我们必须说善意的谎言。对于买的东西的价钱，特别是买给她的东西，要刻意说很低。对于自己的收入，要说得很高。但不管你买的东西多便宜，赚的钱再多，在妈妈的眼中，我们永远是浪费的！出门时灯没关，浪费！一个人在家两个房间开冷气，浪费！喝矿泉水、坐商务舱、剩菜没吃完、订两份报纸、去健身房跑步、花钱请人打扫、洗衣粉倒太多、牙膏从前面挤、到机场坐出租车、西装穿一次就干洗、花钱买抹布而不用旧内裤，统统都是浪费！报应都是娶到麻脸老婆之类的。所以她宁愿胀得不舒服，也要把点的菜吃完。宁愿把好衣服的质料洗坏，也不送去干洗。所以要干洗的衣服，我们藏起来。上馆子吃晚饭，我们不吃午餐。

妈妈自己节省，对外人却很大方。她每个月催我按时缴房租，好像她是房东。

"该给别人的就要给别人。"当然在我缴了之后，她又要数落我租这么贵的房子。不过数落归数落，讲完了，她还是不放过任何一个付钱的机会。她跟哥哥一家人住一起，收报费的来，她付。送干洗的来，她付。全家人出去吃饭，我哥哥、大嫂、我自己从来没付过钱。

妈妈省那两三块的垃圾袋，但不省大钱。我和哥哥都读了九年的私立中小学，那时学费一学期要一万多。我去美国念ＭＢＡ，两年花了两百万台币，全是爸妈一学期一学期、几千美金几千美金寄去的。我从来不需要开口，户头的余额永远足够。

我在名校里高高在上，看不到爸妈身影后无数的卑躬屈膝。我曾经觉得：妈妈破旧的衣服让我们在同学面前丢脸，她的讨价还价让我们在美丽的女店员面前尴尬。但她若不是这样，我哪能念我的MBA？做我的雅痞？搞那些生活品位，自以为我比我妈高级？

妈妈花钱最多的时候，是爸爸生病的那两年。那时看护一星期的薪水就是一万多。爸爸的丧礼上，妈妈坚持不收奠仪，亲朋好友好心仍然给的，统统集合起来捐给慈善机构。"这样，你爸爸就在别人的生命中活了下来。"

妈妈的一生，都在寻找三件99块的东西。但我今天终于明白，她活得比我们谁都高贵。

我从小就知道家里不很有钱，也曾因此埋怨过爸妈。但现在回头看，从小到大，没有一次，是的，没有一次，我没有得到我想要的东西。我要的玩具，要的衣服，要的科系，要的人生，妈妈统统给了我。没有打折，只有更多。

母爱不打折

这是一个多么可爱的母亲啊，作者用细腻的笔法将母亲刻画得栩栩如生。母亲的节俭、自信、无私、宽容……高贵的母亲跃然纸上，让我们每一位读者在阅读时忍不住莞尔一笑，而在看过后却又禁不住掩卷沉思。

母亲很骄傲自己可以用99块钱买到"名牌"；母亲也会因为孩子买价格不低的垃圾袋而说孩子会"身败名裂"；母亲习惯将孩子淘汰的东西做"垃圾回收"；母亲会鼓励孩子只要努力，总有一天会闪闪发光；母亲会告诉孩子，该给别人的就要给别人……母亲身上有太多的优点，纵然"我"在小的时候根本不可能理解母亲活得有多么高贵，但是已经成年的"我"终于明白，就算母亲再节俭，也从来没有在孩子的教育上吝啬过一次。母亲是宽容的，也是无私的，她把父亲的奠仪全都捐给了慈善事业，她用这样的方式让父亲的生命得以延续。其实，这只是母亲的爱心体现。母亲这些优秀的品质，对孩子的一生都产生了难以磨灭的影响。

　　为了孩子能够成材，几乎所有的母亲都能够将所有的储蓄拿出来，因为在母亲的眼中，孩子有出息是她最大的安慰。

　　不要再去抱怨自己没有生在一个百万富翁的家庭，没有足够的金钱去挥霍，只要母亲还在我们身边，我们都是富有的。即使家庭再贫穷，我们所享受的母爱也从来不会打折。

手足之情

有一种情，叫相依为命

萧音

一

第一次见到良子哥的时候，他 12 岁，我 9 岁，他上四年级，我上二年级。他的个子比我整整高出一头，脏兮兮的样子让人看了极不舒服。

良子哥喊我妹妹，我却不喊他哥哥。我喊他的名字李国良，或是干脆叫他"哎！"，在我心里，他和父亲只不过是我们家收留的一对无家可归的人而已。

我父亲当时是村上的民兵连长。1982 年，村上搞联产承包，父亲和母亲一起承包了村南的一片苹果园，父亲能干，又懂技术，我们家苹果的产量比一般人家都高，日子过得在村上数一数二的。

然而好景不长，1984 年夏天，父亲从果园锄草回来，到村西的河里洗澡，不小心腿被渔网缠住，一个猛子扎下去就再也没能上来。

后来，家里的一个远房亲戚给母亲介绍了继父，继父家很穷，好不容易讨上的媳妇因为忍受不住贫穷，跟一个倒卖粮食的外省人跑了。于是，从那天起，继父和他的儿子便从南房搬到了北房，南房则空出来给兄弟娶媳妇用。

因为苹果园里缺人，父亲过世后的第二个月上，继父便来到了我们家，我和母亲住东屋，继父和良子哥住西屋。继父是个很能吃苦的汉子，整天泡在果园里，晚上也不回家。

母亲忙得有时顾不过来，便给我们俩每人五毛钱，在学校的小卖部里买烧饼吃。小卖部的烧饼是老板从镇上买来的，有时当天卖不了隔一夜便馊了，老板心黑，把前天放馊的烧饼混在当天进来的新烧饼中一起卖。因为常常买到馊烧饼，后来良子哥便干脆学着做饭，把母亲从园子里摘的菜切碎用油炒了，然后做饭给我吃，他爱炒煳，即使他把不煳的给我吃，自己吃掉煳的，我也不愿意理他。

看得出，继父和良子哥到我们家来过上这样的日子很知足，虽然继父天天干很重的体力活，但脸色红润，精神很好。而良子哥因为母亲的照顾，穿得干净了，再也不像没娘管的孩子了。娘很疼良子哥，继父则特别喜欢我，一家人乐融融的，日子过得倒也开心。

学校离家有三里多地，要翻过一座山梁，秋天山上到处都是郁郁葱葱的树木和半人高的蒿草，有时还会听到不远处的狼叫，母亲不放心，让我和良子哥一起上下学，并嘱咐良子哥照看好我。我不愿让同学们笑话良子哥的那张黑脸，良子哥第一次帮我背书包时，我狠狠地甩开了他，自顾向前走，于是后来就变成了他远远地跟在我身后，我们两个保持着十几米的距离一起上下学。

过年时，母亲给我和良子哥每人买了一身新衣服，给继父买了一块手表。第二年春天，良子哥搬到南房去住，我住西屋，继父和母亲很合得来，有时吃着饭，两人就相视而笑，看得出，他们的感情很深。

二

一个夏日的一天，放了学我做完值日，同村的人早回家了，我和良子哥背着书包一前一后往家走。

走到半路上，天突然暗了下来，云层很低，黑压压的，连不远处的村子都看不见了。一直都是跟在我身后的良子哥，突然跑上来拉起我的手往家的方向跑，我也吓得不知所措，只深一脚浅一脚地跟着良

子哥跑。

刚跑了十几米，天上突然掉下雹子来，先是棒子粒大小的冰雹稀啦啦地往下掉，眨眼间，变成了鹌鹑蛋那么大，良子哥一把把我推到路边的岩石下，两手抱着头，下巴抵着我的脑袋，整个身子压在了我的身上。

过了足有十分钟，天空才渐渐有了亮光，冰雹过去了，只剩下了雨，我从良子哥的身子下挣扎出来，看到地上到处都是冰雹，足有十多厘米厚。

我推了推良子哥，这才发现他的上衣背后都是血，血水混着雨水不停地从脑袋上往下淌。良子哥蜷缩在地上，紧皱着眉头，牙齿不停地打着架。

我不知所措，吓得站在雨中哇哇大哭。

不一会儿，母亲披着一条麻袋赶来了，一见良子哥的样子，母亲一把将自己身上的短衫扯下一大块，手忙脚乱地缠到良子哥的头上，然后将麻袋搭在了他身上，蹲下身背起良子哥往镇上跑。

四五里的山路，到处都是没脚面的冰雹，母亲背着和她个头差不多的良子哥，一口气跑到了镇上的医院，路上鞋都跑掉了竟也没有发觉。

母亲的老寒腿便是那时落下的，直到现在，每逢阴天下雨母亲便不时地用拳头去捶自己的膝盖。后来每当说起那天的事时，良子哥的眼圈儿便红红的。

那一年的冰雹，把方圆几公里的庄稼全毁了，瞅着园子里被冰雹打折的树干和落了一地的青果，无奈，继父只得把果园重新修整了一下，在树档间种上了黄豆。

1990年，我15岁，家里果园的承包合同到期了，有人给村长送了礼，加之继父是外来户，村里便把果园包给了别人，继父气得几天吃不下东西去，那段时间，夜里常听到继父和母亲的叹息声。

没有了果园，继父从集上买了几只羊，一边种地一边放羊，日

96

子虽不如从前宽裕，但也能凑合。

1991年冬天，继父在后山上放羊，不小心摔了一跤，把胳膊摔折了。到县城的医院拍ＣＴ时，竟然在继父胳膊的骨折处发现了癌细胞，医生说这种病大都是由于长期在没有任何防护措施的情况下接触农药感染造成的。想到那些年继父天天背着药桶给苹果树喷药，有时天热，甚至连衬衫都不穿时，母亲追悔莫及。

医生给继父做了手术，把胳膊上那段病变的坏骨头锯掉，然后抽了一根肋骨接上，但此举并没有留住继父离去的脚步，第二年麦收时，继父仍然离开了我们。

继父的死，让我的心里一下子空了许多。我很清楚，继父的病把家里十多年的积蓄都用光了，以现在的家境，母亲肯定无力供我们两个人同时读书。而良子哥马上面临高考，我担心一旦他考上大学，母亲肯定会让我退学的，我很了解母亲，这样的决定，她做得出来。

然而事实并没有向我想象的方向发展，高考后的第二天，良子哥给母亲留了一封信便去了省城打工，在信中，他说，参加高考只是想印证一下自己的实力，他说，没有了父亲，自己有责任支撑起这个家，他还说，妹妹，你一定要好好读书，哥就是砸锅卖铁也要供你上完大学……

良子哥的高考成绩比录取分数线高出16分，分数下来的那段时间，母亲发疯似的到处打听良子哥的去向，还专门坐车去了省城，跑遍了省城所有的建筑工地，仍然没能找到他。最终，这一切成了母亲后半生永远的愧疚。

三

1993年秋天，我如愿以偿地被天津南开大学录取。

初冬的一天中午，我从图书馆看书回来，同宿舍的人说母亲托

一个老乡给我捎来了过冬的衣服，打开包袱，里面是一条毛裤和一件崭新的羽绒服，摸着那件羽绒服，睡在我上铺的杜梅惊呼道："唉，我说淑敏，你妈可真舍得给你花钱啊，这羽绒服还真是羽绒的哩！"我问送衣服的人呢，她们说已经走了，我沉默，良久无语，我知道，这羽绒服肯定是良子哥买的，当时羽绒服刚刚兴起，价格特别贵，别说是学生，就是一般上班的人穿这东西的也很少。

杜梅说，你老乡一来就问这问那的，看样子挺关心你的。我说那不是我老乡，是我哥。她说那他干吗要说是你老乡呢，我咬了一下唇，眼泪涌了上来。

我在天津读书的第二年，哥哥和本村的一个姑娘结了婚，生下了侄子小强。毕业后，我分到了省城，也结了婚，有了孩子。

2004年初冬的一天，我正在单位整理报表，突然接到嫂子打来的电话，嫂子哭着告诉我，良子哥在给新盖的大楼外墙刷漆时，拴悬空架的铁丝脱了钩，良子哥和另一名工人从五楼高的架子上掉了下来，这会儿正在送往市第三人民医院的途中。

我扔掉手中的东西，奔出门打车往第三医院赶，在急诊室门口撞见同村的两个人，他们正从车上往下抬良子哥，良子哥的嘴角上、脸上、身上到处是血，我抓住他的手，一边喊着哥一边唔唔地哭。听到我的喊声，良子哥努力睁开眼，喃喃地说了一句："妹妹，哥要是有个三长两短的，娘和你侄就交给你了！"

我嚅嗫着嘴唇，说不出话来，一任泪水在脸上肆意流淌。

良子哥摔折了左腿和两根肋骨，其中一根肋骨插进了肺里，手术进行了六个多小时，我一直站在门外，心乱如麻。

当医生从手术室里走出来，告诉我病人已脱离生命危险时，我忽然间两腿一软，跌在了地上。

在此之前，我从来没有想到过，这个和我没有一点血缘关系的人，在我生命里竟是如此的重要。这一刻，我突然知道了，18年前的那

个夏日，当他用身体阻挡住向我袭来的冰雹时，我的生命便注定与他的再难割舍。

人们都说，血浓于水，然而比血更浓的，却是这种生死相依的亲情。

有一种亲情，叫相依为命，它离幸福最近，且不会破碎，那是一种天长地久的相互渗透，是一种融入彼此生命的温暖。

超越血缘的亲情

看完这个故事，眼泪不知不觉模糊了双眼。没有血缘关系的兄妹之情，居然也能将我们如此打动。一直以来，总以为只有亲生的兄弟姐妹，才会心甘情愿地为我们付出，而这个故事让我在刹那间改变了以前那种几乎根深蒂固的想法。

妹妹从一开始就排斥这个没有任何血缘关系的哥哥，但最后妹妹还是被哥哥感动了；哥哥的付出让她不得不重新审视这份没有血缘的亲情。为了她，哥哥甚至放弃了美好的前途，用一生的幸福来换取妹妹美好的人生，这样的牺牲是任何东西都无法弥补的。

一次又一次的灾难考验着兄妹之间的感情，哥哥在与命运做斗争的同时做着一次又一次艰难的抉择。正是因为他内心深处充满了对妹妹、对这个家庭的爱，所以他才能在徘徊在生死边缘的时候，嘱咐妹妹万一自己有不测一定要照顾好妈妈和侄子。哥哥从来都是为他人着想，却单单没有想过自己。这是一种如此无私的爱，它让妹妹意识到了自己曾经对哥哥存在多么大的误解，也懂得了什么才是真正的亲情，什么才能叫作生死相依。

能成为兄妹，能共同生活在一个家庭，是上天给我们的缘分，所以无论何时我们都要好好珍惜。亲情是世界上最纯真的一种感情，容不得我们对它有一点的亵渎。这样的感情，足够我们用一生的时间去体会，去珍藏。

落叶情思

……………………………………………龙在天涯

　　每当落叶飘落的季节，伤痛就像落叶一样一层层叠在心头。拾起一片落叶轻轻放在手里，泪水再也经受不住考验，像断堤的水一样从脸上泻下来。那是心中永不褪色的痛，永远割舍不断的情思。它超越了生与死，超越了天与地。落叶再一次将我尘封的记忆打开。

　　他比我大，我叫他哥。我们的童年是在快乐地嬉戏与玩耍中度过的。我不会被人欺负，因为有他在我的身边。我经常骄傲地对其他小朋友说："我哥是最棒的。"哥的学习成绩总是跑在我的前面，为此我曾以嫉妒的心态暗下决心超过他，但我始终都跑在他的后面。我的名字总是徘徊在他的名字下边。我真的特别庆幸我有他这么棒的哥。他特别关心我的学习，虽然我很不情愿但我不得不相信事实，因为我爱我哥。

　　有一次母亲和大妈请了个算命先生，让他给我和大哥算（占卜）一下前程。那人问了母亲和大妈关于我俩的生辰八字，然后捣鼓了一会儿手指头，最后说："他们将来都是吃公家饭的。"这些话在相信迷信的母亲和大妈看来更加坚定了她们供我们读书的决心。那意味着我们都会有出息，会告别农村，告别吃苦的日子，像城里人一样轻轻松松地过日子。就这样我和大哥继续着我们的学业，也是在完成母亲和大妈的期望与心愿。

　　人有旦夕祸福，月有阴晴圆缺。事情总比预想的要糟糕。可我们还没有预想。匆忙中，时间的列车将我们拉到了小学的终点站。我和哥都感觉时间比流水更快。但这并没有带来好运，父亲想让我

们到城里去读书，但大伯却不同意哥去。因为那一年大伯家欠下了一笔债，为了给哥的大哥娶媳妇。我爸劝大伯说："孩子上学要紧，不要耽误孩子的前途啊！"可是，大伯却只是摇了摇头说："在哪里都一样。"我们乡上也有中学，但是那里的教育质量真的很差劲，每年能考上高中的学生简直少得可怜。哥也想和我一起去的，但是现实的生活让我们都无法正视明天。我和哥在泪水中分别了，带着难舍的兄弟情谊，也带着更多对现实生活的愤懑。

我走的那一天，哥来送我："弟，到了城里千万别贪玩，不要辜负家里人的期望。"我哽咽了，我说："我会的。"我说："哥，你也要好好保重。"因为虽然身在不同的地方，但我们都背负着共同的期望，都为了明天美好的生活而奋斗，我们都要努力学习，以优异的成绩来回报所有给我们爱与期望的人，也和那残酷的现实作一次斗争。

在飞扬的尘土中，哥的身影渐渐消失在视线中。我也踏上了继续求学的路。

求学难，难于上青天。在县城读书，那些同学看我的眼光都让我害怕。因为我来自农村，一身的朴素老土的衣服和并不优秀的外貌让我自卑。我常常一个人坐在教室的安静的角落里，用学习来逃避一切。每每此时，哥哥的身影就浮现在我的眼前，他好像在鼓励我，让我自信地去面对周围的一切，想到这些我就会振作起来，学习的劲头就更大了。也曾记得一个夜晚，我和哥一起坐在山顶上各自许下了愿望。我说我要当一名记者，他说他要当一名人民警察。他的理想比我的理想既崇高而又神圣。我们都将心愿许给月亮作证。我们会为我们各自的理想而奋斗。也许哥也记得，我们都彼此铭记着而在学习路途上奔跑着。

哥的消息每次都是爸带给我的。爸说哥的学习特别好，在班上名列前茅，还拿回家好几张奖状呢，我听了真是既羡慕又嫉妒。但

是心里总是暖融融的，不经意间有湿润的暖流从眼角滑落。我也要像大哥一样。我的消息也是爸带给哥的，但是那已经足够了，思念已经超越了距离，伴着微风传递着我们互相的关爱。

时间总是在身边不经意地擦身而过。一晃都初三了，又好久没有听到我哥的消息了，心中总有些不安。虽然说没有消息就是最好的消息，可我还是想知道大哥最近过得怎么样。总是期盼假期早点到来，因为那时候我们又可以在一起谈天说地、高谈阔论了。每天都在墙上画一道，数着回家的日子。终于等到了，我匆匆地拿起书包与行李就往家里赶。一回到家我就问我爸："哥哪里去了？哥在干什么？他在家里吗？"一连串的问题都被我问完了。我爸才吞吞吐吐地说："你大伯不让他读书了，他辍学了。"我大声地问道："为什么？"可是我爸什么都不说了，那苍老而黝黑的脸庞和暗淡的眼神告诉了我答案。我想哭，但是更多的是呐喊："为什么这个世界如此残酷？为什么不能让一个理想远大的人走完真正属于他自己的路？"也许根本就没有道理，因为人生是多变的。我想去找他，但是我爸告诉我哥已经和同村的其他人一起去煤矿打工了。爸说他走的时候眼里噙着泪水，把那些书整整齐齐地放在箱子里，说我可能会用得着。哥就这样走了，在追逐理想的半路上被现实永远绊住了脚。我们的梦想最终在现实面前都显得那么脆弱。哥的梦已经被击碎了，我想我也应该珍惜我拥有的了，也许我也会成为现实的下一个殉葬品。我默默地祝福与祈祷大哥能平平安安的，能在生活的另一条路上重新找到自己的明天。

生活的道路没有一条是平坦的，只有不畏艰难的人才能成为生活的强者。走出苦难的日子，我们就会收获幸福。我终于以优异的成绩名列前茅。而且我学会了微笑地去面对每一个人。我不再是孤孤单单的我，也不再有失落感，那是哥为我的心中撑起了力量与自信的风帆。每次看到报纸上报道哪个煤矿出事了，我都会特别关注，

直到确认不是哥在的那个煤矿，我才会安心。但是总会感觉到害怕，因为死神总会在黎明前的黑暗里将一个生命带向另一个世界。

　　同样的年龄，我坐在教室里学习，他却不顾日晒雨淋在和死神打交道。为了一个家，他比同龄人早一步，步入了生活的大潮，也早一步经历了人生的百态。命运的交响曲演绎在不同的人身上。过年了，我们才好不容易聚在一起。哥，变了，一些大人的习惯他都会了。他说每天吃得很好也不太累，我听了十分高兴，但那一双粗糙的手掩盖不住他善意的谎言，但我只装作没有看见，可心里会很痛。我静静地听他讲他的事情，听得入了神。晚上我们还是像儿时一样睡在一起，彼此倾诉着心中的事。哥说："我不再相信命运，我要闯出自己的一番天地。"我说："你一定行。"哥说，我们永远是好兄弟。也就是那一夜，我才真正明白，大哥理想的一扇窗户被关闭了，但是他却打开了另一扇，他已经走出了那份伤心的阴影。现实让我们别无选择，也让我们充满选择，只要你的心还活着。

　　时间再一次将我拉在高三的起跑线上。下一站我该实现梦想了，也许我会从独木桥上摔下来，但我相信老天会将机会留给有准备的人。就在我即将要有收获的季节，也就在落叶飘飞的日子里，噩耗就像惊雷一样将我惊得失去了方向。哥带着对未来美好的憧憬，也带着更多对生命的控诉离开了这个他爱着的世界，也离开了爱着他的我，让那一夜成了永夜。

　　落叶一片片的从树上落下来，我自言自语："生命如此短暂。"可落叶却已经湿了，在我向理想跨步前行时，家里传来了哥出事的消息，我无法控制自己，因为我还深信天将降大任于斯人也，必先苦其心志、劳其筋骨。可是谁又曾知道老天竟将苦难集一身于他，他怎么能承受得住，或许那是一种更深的解脱，可为什么不能让他完成他未完成的心愿呢？

　　他才 19 岁——一个人生的黄金年龄。可就在金秋，他静静地走

了。风吹过，落叶满天飞，落叶也在倾诉着生活对大哥的不平。那天，落叶比平时多。我站在落叶中，隔着朦胧望天。

今朝又是落叶纷飞的季节，我的心隐隐作痛。我再次拾起落叶放在嘴边。我轻轻地告诉落叶："我爱我哥。"如果落叶能带去我的心声，哥在另一个世界一定会很高兴的。也许落叶就是他写给我的信。

让落叶带去思念

在那个落叶飘飞的季节，哥哥永远离开了这个世界，带着他对亲人的眷恋，带着他还没来得及实现的梦想，永远地走了。一样的生命，却走出了两种不同的人生轨迹。尽管连算命先生都说哥俩都是吃公家饭的，但哥哥还是摆脱不了辍学的命运。弟弟还在继续着自己的学业，而哥哥却已经在为一家人的生活而拼命奔波，在暗无天日的煤矿度过一个又一个与死神擦肩而过的日子。哥哥也有自己的理想，虽然不再希冀通过读书而改变命运，但他确信自己仍然可以闯出属于自己的一方天地。这样不屈的精神也鼓舞着弟弟，支撑着弟弟在高考的独木桥上奋勇冲刺。

命运总是喜欢和人开玩笑，而且还是很悲惨的玩笑。哥哥竟然在一次意外事故中永远地离开了。在那个本应该是收获的季节，哥哥失去了所有，包括生命。他才是一个19岁的孩子，却再也无法实现自己的梦想。他静静地走了，带着对生命的期待，也带着弟弟无限的思念。

虽然哥哥永远都不能再回来，虽然弟弟的心依然在每一个落叶飞舞的季节隐隐作痛，但我们相信弟弟一定能够坚强地走过这段悲伤，因为哥哥曾经对他说过，不相信命运，要闯出自己的一番天地。哥哥的话一定能为弟弟带来无穷的勇气，让他在今后的人生路上勇敢坚定地走下去，为了理想而奋斗、拼搏。

哥哥的心愿

··························丹·克拉克 著

圣诞节时，保罗的哥哥送他一辆新车。圣诞节当天，保罗离开办公室时，一个男孩绕着那辆闪闪发亮的新车，十分赞叹地问：

"先生，这是你的车？"

保罗点点头："这是我哥哥送给我的圣诞节礼物。"男孩满脸惊讶，支支吾吾地说："你是说这是你哥送的礼物，没花你一分钱？天哪，我真希望也能……"

保罗当然知道男孩他真想希望什么。他希望能有一个像保罗那样的哥哥。但是小男孩接下来说的话却完全出乎了保罗的意料。

"我希望自己能成为送车给弟弟的哥哥。"男孩继续说。

保罗惊愕地看着那男孩，脱口而出地说："你要不要坐我的车去兜风？"

"哦，当然好了，我太想坐了！"

车开了一小段路后，那孩子转过头来，眼睛闪闪发亮，对我说："先生，你能不能把车子开到我家门前？"

保罗微笑，他知道孩子想干什么。那男孩必定是要向邻居炫耀，让大家知道他坐了一部大轿车回家。但是这次保罗又猜错了。"你能不能把车子停在那两个台阶前？"男孩要求道。

男孩跑上了阶梯，过了一会儿保罗听到他回来了，但动作似乎有些缓慢。原来他把他跛脚的弟弟带出来了，将他安置在第一个台阶上，紧紧地抱着他，指着那辆新车。

只听那男孩告诉弟弟："你看，这就是我刚才在楼上对你说的

那辆新车。这是保罗他哥哥送给他的哦！将来我也会送给你一辆像这样的车，到那时候你就能自己去看那些在圣诞节时，挂在窗口上的漂亮饰品了，就像我告诉过你的那样。"

保罗走下车子，把跛脚男孩抱到车子的前座。兴奋得满眼放光的哥哥也爬上车子，坐在弟弟的身旁。就这样他们三人开始一次令人难忘的假日兜风。

那个圣诞夜，保罗才真正体会主耶稣所说的"施比受更有福"的道理。

付出的幸福

当小男孩说"我真希望也能……"的时候，保罗很理所当然地以为小男孩会说希望我也有一个这样好的哥哥，但立刻他就意识到自己错了，因为小男孩并不是希望有一个能送自己汽车的哥哥，而是希望能够成为一个可以送汽车给弟弟的哥哥。惊讶之余，保罗答应带小男孩去兜风。随后小男孩带给他的一切，无意中让他明白了什么才是真正的快乐，什么才是付出后的幸福。

"予人玫瑰，手留余香"是我们常说的一句话。能够及时地给别人提供一些帮助，能通过自己的行动为别人解决一些困难，是一件很有意义的事情。在很多时候，我们帮助别人，自己也会从中收获一份快乐和幸福。

曾经听说过这样一个故事，有位医生赶着去给一个小孩进行抢救，行至半路，竟发现路前方有一条深沟，他无法过去，于是他求助于路旁的一台推土机的司机。司机答应了，他为医生填好了深沟。医生一路飞奔，最后孩子得救了。在回去的路上，他感激地向那位司机道谢："谢谢你，是你救了孩子一命。"不料，司机却说道，"我根本不知道那是我的孩子"。故事的结局我们谁都没想到，但却告诉我们一个道理，付出也是一种幸福。

在我们的生活中，不曾忘记留下自己的一份爱、一份帮助。这

些帮助尽管有时候看上去微不足道，但却让每一位受助之人如沐春风。让我们都伸出友爱之手吧，在帮助别人的同时，去感受"付出比得到更有福"的真理。

长兄如父

......胥大明

　　我哥比我大整整十岁。他的小名叫筛子。这是因为母亲在我哥小的时候总是将他放在一个筐里面，上面盖个筛子，母亲干活到哪儿，就把他带到哪儿。也因为这，大家自然而然给了我一个小名——"小筛子"。

　　我哥不上学绝不是因为他不聪明，他本来已经在县城高中上了好几天的学，但忽然就不去上了。为此他的班主任特地来我家一次，本来是想劝他上学，可一看我家的情况，连劝的话也没说，丢下 10 块钱就回去了。

　　我哥退学后最关心的就是两件事情：一是干活挣工分；二就是我的学习成绩单。

　　哥没有读书却坚决让我读书。这并不是我家条件比过去好了，而是因为我有哥，我哥却没有他哥。虽然家里条件因他的退学比以前好了一点点，可是接连而来的困难也就更多了。主要是因为我哥岁数大了，而岁数一大找对象就特难。有好多姑娘都看中了我哥，却因为我们的家庭条件望而却步，偶尔有看上的却要我哥去倒插门（做女婿），我哥当然不同意。我哥不肯撇下我、撇下我们全家自己去过好日子。

　　为此我打算学哥当年的样儿退学，我哥却因此恶狠狠地打了我，在我的印象中那是他第一次也是唯一一次打我。

　　哥的婚事没有着落，但这丝毫没有影响他干活。那时已经搞改

革了，而改革就给哥带来了施展才能的机遇。哥比以前更忙了，他盖了房子，也说上了对象，这时哥已差不多到了而立之年了，大伙都劝他早点结婚，可我哥却坚决等我高考完再说。

我不能对不起我哥，也终于没有对不起他。哥看到录取通知书比我都高兴，只是他因我考的是军校不满意，因为他怕我在军校里苦着累着。军校是苦是累，可哪有我哥苦，哪有我哥累？而上军校可以少花家里钱，甚至不花家里钱，所以我的第一志愿就是军校，我就是冲着少花钱去的，不能再让哥为我操心了。

哥亲自送我去军校，因为军校离我家很远，坐火车也得几十个小时，中途还得倒趟车，这对我一个没出过远门的学生来说是太难了点儿。再者，我知道哥已经把他少时的读书梦嫁接到了我的身上，那种情感我实在是形容不出来，所以我就同意哥送我了。路上没有任何的耽搁，只是到了学校要和哥分手的时候，看着哥因为劳累而已有很深皱纹的额头，看着哥因为舍不得我而拼命忍着泪水的双眼，看着哥那瘦弱的身躯，我终于忍不住自己的眼泪……

嫁接的梦想

文章在一开始就说，哥哥不去上学，绝不是因为他不聪明，而是家庭实在太困难。哥哥把所有的希望都寄托在了弟弟身上，盼望着他有一天能够出人头地。所以当弟弟说要退学的时候，从不跟他动手的哥哥第一次也是唯一一次打了他。这一巴掌，打出了哥哥对弟弟的疼爱，因为哥哥不忍心弟弟放弃学业，在弟弟的身上，也寄托了哥哥曾经的梦想。

人只有在最无奈最没有办法的时候，才会把自己的梦想寄托在他人的身上，如果有可能，谁不希望亲自去实现心中的梦想，谁不希望亲身体会梦想实现时的那种喜悦？将自己的梦想寄托在亲人的身上，是一种迫于现实的无奈，更是为了亲人的未来而做出的伟大牺牲。

　　故事中的弟弟是好样的，他最终没有辜负哥哥的期望，考上了大学。弟弟之所以选择军校，很大一部分原因是因为读军校可以最大限度地减轻家里的经济负担，弟弟也是一个懂事的孩子，相信军营的生活一定能够将他锤炼成一名顶天立地的男子汉。

　　我们的人生正是因为有了梦想的支撑，才充满了奋斗的勇气。当梦想无法实现的时候，看着亲人能够圆自己曾经的梦想，也是一种幸福。假如有一天，你的肩上也担负着他人的梦想，一定不要轻易放弃，因为成功不只属于你一个人，也属于那个默默为你付出的人。

哥哥，一路走好

郑仪凤

哥哥走了，我失去了这世界上最疼爱我的亲人。

在这痛苦的日子里，哥哥的形象总是浮现在我的眼前，他摸着我的头，拉着我的手对我说："妹妹，哥哥不在家，你要照顾好爸爸妈妈……"

似乎一切就在眼前，历历往事滑过心头。小时候，因为家里穷，爸爸妈妈常常外出打工，白天出去，晚上回来，有时一连几天才回来一次，家里就剩下哥哥和我相依为命。记得我9岁的那一年，有一次下大雨，爸爸妈妈没有回家，我却在半夜发起了高烧，哥哥摸着我滚烫的额头急得哭了。我不停地喊难受，哥哥一咬牙，冒雨摸黑跑到十多里外的村子里找到了医生。看着浑身湿淋淋的哥哥，医生感动了，二话没说，跟着哥哥来给我打针。医生走后，哥哥一直守在我的床边。第二天我醒来时，看见哥哥伏在床边睡着了。那年，哥哥才13岁。

哥哥9岁的时候，有一次爸妈出去打工，中午没有回来，哥哥用爸爸留给他的两毛钱买了两块饼，都让给我吃了，堂叔看见了就问哥哥："你把饼都给妹妹吃了，自己吃什么呀？"

哥哥说："我不要紧，晚上妈妈回来就有饭吃了。"

哥哥从小体质就弱，妈妈特地养了一只母鸡，好让他能每天吃一个鸡蛋补补身体，但哥哥常常把鸡蛋让给我。我上小学后，哥哥每天带着我一起上学、放学，每逢下雨天，我们遮一把雨伞，哥哥总是把雨伞往我头上遮，自己大半个身子都湿透了。

他说："哥哥是男孩子，男孩子是不怕雨淋的。"

从小到大，哥哥给了我太多的爱。我总在想，等我长大以后，一定要好好地回报哥哥。但是哥哥，我才刚刚长大，你却永远地离开了我。

人们都说，穷人的孩子早当家。哥哥很小就分担了生活的重担。读初二时，哥哥开始瞒着爸妈，利用周末去邻近村庄打零工。哥哥身子瘦小，能打上零工的机会也不多，所以爸爸妈妈一直都不知道。直到有一次，哥哥帮人收粮食，两天时间赚了20元工钱，哥哥高兴得不得了。那天晚上哥哥把钱交给了爸爸，爸妈都哭了。妈妈把哥哥搂在怀里，心痛得直掉眼泪："孩子，你从小身体就弱，现在又是长身体的时候，怎么能去干重活呢？"

从不落泪的爸爸也流着泪对哥哥说："爸爸没本事，让你受苦了，以后不要再去了。"

后来，哥哥参军了。他尽量省下部队的津贴，每月寄回50元钱，转为士官后，他每月都寄300元回来，直到出事前的当天上午，他最后一次给家里寄回了300元钱，但我们还没收到他的汇款，却先接到了他落水失踪的消息。

哥哥爱亲人，也爱身边的每个人。小时候，我们家附近的老人每每需要什么帮助，哥哥总是有叫必到。哥哥常常跑去帮一对残疾夫妇干活。住在我们家附近的嫩伯伯，年老多病，又无妻无子，哥哥就经常去他家帮忙干一些家务活。孤身一人的嫩伯伯每有感冒发烧，哥哥总是第一个知道。

哥哥牺牲时，存折里仅有6块多钱，但他又是那么的慷慨，他在将乐县长期资助着两名面临失学的孩子。他说，很后悔过去没有读好书，希望孩子们能读书成材，不再有和他一样的遗憾。

参军后哥哥只回家两次。今年3月份，他第二次也是最后一次回来，前后只在家里待了3天。他归队的前一天晚上，我们一家吃了一顿很丰盛的晚餐，是哥哥亲手烧的菜。

哥哥看见我们吃得开心，他笑着说，以后退伍了，就去学烹饪，让我们常常吃到好吃的菜。

尽管回家探亲的次数少，但他每周都要打电话回来，不管是回家还是打电话，说起部队的生活，他总是谈战友们如何互相关爱，谈他在部队又有了哪些进步，他总是说部队是一个温暖的大家庭，叫我们不要牵挂他，却从来没有向我们提起过训练的辛苦，更没说过作为一名消防战士随时要面临的危险。他不希望我们为他担心。

哥哥从小就是一个听话、懂事的好孩子，但有一次挨爸爸的责骂却让我难忘。

那次，他瞒着爸爸妈妈带我去村子外的一个池塘里摸田螺。那里的田螺很多，记得最后我们是抬着满满一脸盆的田螺回来的。爸爸板着脸把满盆的田螺全部摔到门外去了，还狠狠地骂哥哥说："去年那个池塘刚淹死一个小孩，你竟敢如此大胆，还把不会游泳的小妹也带到池塘里去，你知道有多危险！"

后来妈妈告诉我们，那天她和爸爸找了我们好半天，他们担心得要命。从那以后，哥哥再没有带我去那个池塘玩水了，在他23年的人生中，受到大人的指责少之又少，那一次挨训的经历，我想他一定印象非常深刻，他一定很清楚水的危险，但他最终还是在水中走完人生的最后一步。

我守在他落水的地方，想起小时候哥哥教我学骑自行车。

有一阵子我摔怕了，不想再学了，哥哥鼓励我说："做事情不能半途而废，坚持下去吧，你一定会成功的。"是的，坚持下去就会成功——我在心里默念着哥哥对我说过的这句话，盼望着奇迹的出现。一天过去了，两天过去了……奇迹没有出现。哥哥，我知道在那滔滔的洪水中，你一定坚持过，为你的青春坚持过，为你深爱的亲人坚持过……

哥哥还是走了，哥哥，一路走好啊！

亲情的鼓励

　　"坚持下去就会成功"，这是哥哥曾经鼓励妹妹的话，在哥哥出事以后，妹妹默念着这句话，却最终也没能看到奇迹的发生，哥哥还是走了，永远都不再回来。

　　从小妹妹就生活在哥哥细心的呵护照顾中，懂事的哥哥给了妹妹尽可能多的爱，也尽可能地为家里减轻负担……有这样的哥哥，真是一种福气。

　　从哥哥为妹妹所做的一切中，我们能够感受到一种浓浓的兄妹情以及那种愿意为我们付出一切的手足之情了。

　　哥哥一直都是一个有爱心的孩子，即使在部队里，他还用本来就不多的津贴长期资助着两名贫困的学生。最终哥哥在洪水中献出了自己年仅23岁的年轻生命，任凭妹妹如何呼唤，他也不能再答应一声。哥哥走了，他无限疼爱着的妹妹在他那句鼓励的话中逐渐学会了坚强，学会了如何去面对生活中的挫折和不幸。

　　在困难面前，我们一定不能遇难而退，只要用心地坚持，相信会有一种办法助你走向成功。在妹妹学骑自行车要放弃的时候，哥哥这样鼓励过她。虽然哥哥已经离开了，但他的这一番谆谆教诲必将对妹妹以后的人生产生重大的影响。人生不能轻易放弃，虽然奇迹不能经常发生，但只要我们坚持了，相信一定能够看到成功的曙光。

最后的善良

王虹莲

他是一个劫匪，坐过牢，之后又杀了人，穷途末路之际，他又去抢银行。

是一个很小的储蓄所。抢劫遇到了从来没有过得不顺利，两个女子拼命反抗，他把其中一个杀了，另一个被劫持上了车。因为有人报了警，警车越来越近了。他劫持着这个女子狂逃，把车都开飞了，撞了很多人，轧了很多小摊。

终于他被警察包围了，警察让他放下枪不要伤害人质，他疯狂地喊着："我身上好几条人命了，怎么着也是个死，无所谓了！"说着，他用刀子在她颈上划了一刀。

她的颈上渗出血滴，她流了眼泪，她知道自己碰上了亡命徒，知道自己生还的可能性不大了。

"害怕了？"劫匪问她。

她摇头："我只是觉得对不起我哥。"

"你哥？"

"是的，"她说，"我父母双亡，是我哥把我养大，他为我卖过血，供我上学，为了我的工作送礼。他都28了，可还没结婚呢，我看你和我哥年龄差不多呢。"

劫匪的刀子在她脖子上落了下来，他狠着心说："那你可真是够不幸的。"

围着他的警察继续喊话，他无动于衷，接着和她说着她哥。他身上不仅有枪，还有雷管，可以把这辆车引爆。但他忽然想和人聊

115

聊天，因为他的身世也同样不幸，他的父母早离了婚，他也有个妹妹，他妹妹也是他供着上了大学，但他却不想让他妹妹知道他是杀人犯！

她和他讲着小时候的事，说她哥居然会织手套，在她 13 岁来例假之后，还曾去找一个二十多岁的女孩子帮她，她一边说一边流眼泪。他看着前方，看着那些喊话的警察，再看着身边讲述的女孩。

他拿出手机，递给她："来，给你哥打个电话吧。"

她平静地接过来，知道这是和哥哥最后一次通话了，所以，她几乎是笑着说："哥，在家呢？你先吃吧，我在单位加班，不回去了……"

听着她和自己哥哥的对话，他伏在方向盘上哭了。

"你走吧。"他说。

她简直不敢相信自己的耳朵。

"快走，不要让我后悔！"

她下了车，走了几步，居然又回头看了他一眼。

她刚走到安全地带，便听到一声枪响，回过头去，她看到他倒在方向盘上。

劫匪饮弹自尽。

很多人问过她到底说了什么让劫匪居然放了她，她平静地说，我只说了几句话，我对我哥说的最后一句话是："哥，天凉了，你多穿衣裳。"

她没有和别人说起劫匪的眼泪。

亲情融化冰雪

　　这个故事的结局让我们在感到欣慰的同时又有一丝的遗憾，欣慰的是女孩的几句话就让匪徒放弃了杀她的念头，最终转危为安，而遗憾的是亲情终究没能留住那个还没有完全丧失人性的匪徒，他用一颗子弹结束了罪恶的生命。或许饮弹自尽是他所能选择的最好的告别人世的方式，除此之外他别无选择，但匪徒那因亲情而唤醒的人性却让我们感觉到了亲情力量的伟大，它可以让一个罪孽深重的人在走向毁灭的时候泪流满面，它可以化解一个人内心郁结多年的冰雪，让沉睡的爱心轻轻地复活。但已经晚了，他负罪在身。

　　无论在什么时候，不管在什么情况下，亲情都是我们难以割舍的。亲情让我们拥有一个快乐的童年，有了哥哥的呵护，我们的成长岁月增添了许多迷人的色彩。开心的时候，可以和哥哥撒娇；不开心的时候，可以找哥哥撒气。总之，不管我们如何无理取闹，哥哥总会一脸笑容地迁就着我们，因为我们是他至亲至爱的人，和他流着相同的血，和他拥有同一个家。

　　在这个故事中，我们感受到了亲情的伟大，如果不是女孩说起哥哥对她的好，如果不是那个匪徒也曾是一个好哥哥，也曾有过疼爱妹妹的美好回忆，女孩一定不会这么顺利地脱离险境。女孩的最后一句话彻底打垮了匪徒，那句"哥，天凉了，你多穿衣裳"足以让匪徒放下杀人的屠刀，因为他也有妹妹，他的内心也有对亲情的向往和渴望。

　　我要珍视温暖的亲情。

已经很好

································莫小米

他的儿子生下来有智力障碍，看上去，样子也有点怪。

他却不像有些父母，将这样的孩子寄养到乡下，或关在家里不让出门。他到哪里去，总是尽量地带着儿子，迎着别人怜悯的、轻蔑的，或是大惊小怪的目光。一路上，他对儿子讲许多话，指着让儿子看这看那，不厌其烦地教他、夸他、启发他。

儿子后来就迷上了画画。一路上所见，回家都能描摹下来，儿子画中的那些人物、景物，完全与别人眼见的两样，但，出奇的准确，是本质的准确。

尽管如此，智障仍是智障。儿子无法独自在家，因为生活不能自理；也不能单独外出，因为找不到回家的路。这个儿子，现在已经二十多岁了。

他也过了知天命，老了。好在下面还有个女儿，女儿是健全的，15岁，在澳洲读书。

多年以来，他从未停止过为儿子寻医问药，希望治疗或改善儿子的状况。亲人、友人、同事也都对此给以关注，时常给他提供一些讯息、偏方。忽一日他获知一个好消息，说是有一种新的手术治疗方法，效果明显。

但手术是有风险的，任何手术都有风险。他十分慎重，咨询了许多专家。专家说：成功的把握还是大的，术后，你的儿子智商将明显提高，起码能生活自理；失败呢，失败的话，他连目前的智力也要丧失殆尽。

他与夫人商量了又商量，权衡了又权衡，倾向于做。他们想，等自己也需要人照料的时候，这个傻儿子，谁来照料呢？

正犹豫，这件事让远方的女儿得知了。女孩就在越洋电话里哭了，又写来一封长长的信。

女孩责问父母：为什么要给哥哥动手术，哥哥现在，不是很好吗？

做父母的震惊了。他们从未想到，自己这么努力，亲友那么热心地为儿子治疗，都是基于一个缘由，这孩子不行，要竭力让他更好一些。

而在15岁女孩的眼里，哥哥——很好。从小到大，她对这一点没有疑义。原来真正接受了他的，唯有她。

难怪在哥哥画的所有人物中，妹妹最美。

用心去接受一个人

生活中，我们经常能看到一些身体或心智有残疾的人，对他们，我们习惯于持一种同情的目光，经常说一些怜悯的话，或做一些力所能及的事来帮助他们，让他们过得比现在更好一点。但是我们有没有想过，我们在做这些事情的时候，是从内心接纳他们，把他们当成我们生活中的一员，还是仅仅出于一种同情，在内心深处把他们划分到另一个我们不曾了解的世界？

如同故事中的那个智障男孩，尽管父母一点都不嫌弃他，不在乎别人怜悯或大惊小怪的眼光，但事实上他们并没有把他当一个正常的孩子来对待，在他们的内心里，对孩子的爱更多的是一种与他人一样的怜悯。当遇到一个可以扭转智障男孩命运机会的时候，父母宁可冒着风险，也想要去试一把。但女儿的话却让他们猛然醒悟，"哥哥现在，不是很好吗？"女儿的问话体现了她对哥哥的情感，简单而又真诚。因为她从来都没有觉得哥哥有什么不好，哥哥在按照他自己的方式开心地活着，无忧无虑。他眼里的世界，全部都是

美好的，他在用他独特的视角，感受着别人无法感受的生活。他可以用画笔描绘出事物最本质的美，而不掺杂世俗的色彩。这本来就很好，不是吗？

为什么哥哥的画里唯有妹妹最美，因为只有妹妹懂他的心，用心去接受他。

长姐如母

艾英

姐姐大我 6 岁，比我下面六个弟弟妹妹中最小的弟弟大整整 20 岁。因妈妈身体不好，所以我们几个弟弟妹妹的尿布都是姐姐洗的，一个一个也都是由姐姐抱大的。每天晚上除了吃奶的孩子和妈妈睡之外，其余的都交给了姐姐。晚上我和弟弟妹妹们洗屁股、洗脚，夜里撒尿；早晨穿衣服、洗脸、弄吃的，姐姐都全部承担下来。所以在我和弟弟妹妹眼里，姐姐的地位和妈妈一样高。

从我记事起，姐姐夜里睡觉从来都不脱衣服，因为她夜里要起来十几次，给这个掖掖被子，叫那个起来尿尿。怕最小的两个尿床，她的被窝里总是左面一个右面一个。

等把我们都安顿好了，她才拿起书来，可还没看两眼，妈妈就发话了："不早了，赶快睡觉吧，用电多了隔壁的五婶儿又要指桑骂槐了（当时几家合用一个电表）。"

姐姐一边深深地叹口气，一边低声说："我就睡。"

好多次我一觉醒来，都还能听到姐姐低低的背书声。在我的记忆中，姐姐在她们班级里的成绩总是第一名。可是因为家里孩子多，需要帮手，也为了能让我们都能安心上学，她十几岁就参加了工作。

孩子多的家里是需要有秩序的，没有秩序家里就乱了套。为了维持秩序，妈妈的绝招儿就是打。我们在家里吵嘴打架要挨打，剐破了衣服、打碎了碗碟要挨打，我们出去玩不告知去向要挨打。所以我和弟弟妹妹们从小到大不知挨了多少打。

　　每逢我们挨打时，姐姐总是苦苦地为我们求情，并用身体护着我们。为此，不少应该落在我们身上的拳头都转移到她的身上，所以她身上也总是青一块紫一块的。

　　一次和别的孩子们去树上摘榆钱，不小心把裤子剐破了，我吓坏了不敢回家，用书包遮住屁股一路小跑跑到姐姐单位。姐姐一面安慰我，一面赶紧找针线给我又缝又补的，但忙乎了半天，还有一个口子对不上。我急得哭了，姐姐也急得团团转。最后她急中生智，在她裤脚的里子上取下一块布，总算过了关。

　　但不久妈妈就发现了这个秘密。那时妈妈想把姐姐的那条裤子的裤腿放下来再改一改，给一天天长高的大弟弟穿，拆裤脚时突然发现裤脚里子上少了一块布，姐姐当即被气急败坏的妈妈大骂一顿。姐姐也只是流泪，一句分辩的话都没有。至今我都忘不了姐姐代我受过的样子。

　　妈妈规定我们吃菜时，筷子不能在盘子里乱翻，而且不能越过盘子的中心线，谁的筷子一违规，妈妈的筷子就准确地敲在谁的头上。

　　记得我们家爱吃一种用醋熬的小干鱼，鱼本来就小，身上肉就不多，鱼头更没什么吃头。所以我们的筷子都变成了锋利的小刀，一刀下去，身子夹上来了，鱼头留在盘子里。妈妈见了就又要动用她的武器，姐姐急忙说：鱼头含钙量高，我最爱吃鱼头。一面说着一面往自己的碗里猛拨鱼头。当时我们还真的以为姐姐爱吃鱼头，所以每逢吃小鱼时，我们总是理直气壮地把鱼头拨给姐姐。

　　如果赶上逢年过节，面对桌子上的肉菜，我们的筷子又都长了眼睛，一筷子下去，肉上来了，菜全部留在盘子里。姐姐又说自己爱吃素菜，把剩在盘子里的菜全部拨到自己的碗里。偶尔爸爸买回糖果点心之类，我们立刻围上去，眼巴巴地等着妈妈给我们分。姐姐总是说她不爱吃甜的，把她那一份匀给我们吃。我还记得姐姐爱吃剩饭、爱吃粗粮……

直到姐姐 60 大寿时，我特意为她熬了一碗新鲜的小白条鱼，当我为姐姐往碗里夹鱼头时，特别提到了姐姐的爱好，姐姐这才笑着说：那时候东西少、金贵，有好东西先让你们吃，我看着你们吃我高兴。我吃你们剩下的和你们不爱吃的，是为了避免你们挨打。其实当时，我和你们一样，爱吃肉、爱吃鱼、爱吃新鲜的饭菜、爱吃点心、爱吃糖……听到这里，我心里有说不出的难受，这样的一个善意的谎言竟然瞒了这么多年。

当我被录取到一所重点学校时，姐姐提出不用家里一分钱，我上大学的一切费用她全包了。她当时的工资也不高，甚至连当时最时髦的"三转一响一咔嚓"（缝纫机、自行车、手表和收音机、照相机）都没置全。但是她不仅给我学费、生活费，连我穿的、用的都给我置办齐全，甚至卫生纸都给我带上一大摞。以后我和弟弟妹妹们结婚、生儿育女都是姐姐帮助操持的。她做被子一做就是十几床，做小孩子的衣服也是一包一包的，不熟悉的人都以为姐姐是我妈妈呢。

姐妹情深

文章为我们描述了一个任劳任怨的姐姐，从小到大都不知疲惫地照顾着我们这帮兄弟姐妹，如妈妈般抚养我们长大，有好吃的让给我们吃，我们挨打时向妈妈求情……因为她比我们大，所以在我们看来她所做的一切都是应该的，直到多年以后，已经长大成人的我们才知道，其实姐姐不爱吃鱼头，也不是只爱吃素菜粗粮，也喜欢吃糖吃点心……这么多年来，她默默地为我们付出着，虽然只是一个姐姐，却给了我们胜似母亲的关爱。有这样的姐姐，怎么能不说是一种福气？

有福气，也要懂得珍惜。通常我们都习惯了别人对自己的呵护，总以为我们所享受的一切都是理所应当的，而别人的付出也是合情合理的。就是在这样的心态中，我们渐渐学会了漠视他人的关心，

其实只要仔细想想我们就应该明白，我们之所以会享受到如此的关爱，是因为我们都是心手相连的兄弟姐妹。姐姐疼爱弟妹几乎成了一种约定俗成的规矩，每一个姐姐都是如此，尽管有时她比我们大不了几岁，但她还是会尽力地保护着我们，尽力地迁就着我们。

姐姐为了我们的成长到底付出了多少，可能只有她自己最清楚，她的付出，来自一种血浓于水的亲情。让我们把这种天地间最无私的亲情牢记心间，用爱去回报亲情，只有这样，才能对得起姐姐为我们日夜操劳的身影。

深夜，那盏灯

傅东流

那一年的春天，我被一场飞来车祸轧断了双腿，造成粉碎性骨折。医生说，治愈的希望很渺茫。除了整天瞪着天花板挨着以泪洗面的日子，还能做什么呢？

在小学教音乐课的姐姐给我抱来了高中课本，默默地放在我枕边，我怒气冲冲，一股脑儿地将它们撒了一地，姐姐弯下腰，一本一本拾起来，大滴大滴的泪水从她眼睛里涌出来，我忍不住失声痛哭。

一天夜里，姐姐突然推门进来，把我扶起，指着对面那栋黑黢黢的楼房，激动地说："弟弟，瞧见那扇窗子了吗？三楼，从左边数第二个窗户？"她告诉我里面住着一个全身瘫痪的姑娘，和她的盲人母亲相依为命。姑娘白天为一家工厂糊鞋盒，晚上拼命地读书和写作。才17岁，已发表了十几万字的作品……看着那扇窗子的灯光，我脸红了。

"弟弟，拿出勇气来呀！"

打那时起，那扇窗口的灯光时时陪伴着我。只要能看到那束柔和的灯光，我就不由自主地拿起枕边的课本。

在一个大雨滂沱的下午，姐姐为了抢救一名落水儿童，不幸牺牲了！噩耗传来，全家人悲痛欲绝。

夜幕降临，凉风习习，我躺在床上，辗转反侧，泪流满面，突然，一束灯光柔和地射到我脸上，我心里倏地起了个念头：我想见见那姑娘，把姐姐的故事讲给她听，还要……还要感谢她夜晚的灯光，伴我度过了这个难熬的季节。我拄着双拐，跌跌撞撞地爬上了那幢楼，

轻轻叩响了门。

没有回音，我使劲敲了敲它。对面的房门打开了，一位慈眉善目的老太太上下打量着我说："小伙子，别敲了，那是间空房。"我呆住了。

"……从前我儿子住在这儿，后来他调走了，这间房一直空着，两个月前，一个长辫儿姑娘赁下了，可说也奇怪，她并不在这儿住，只是吩咐我晚上把电灯拉亮，第二天早上再把灯关掉……"

我突然扔了双拐，跌倒在那扇门前，失声痛哭起来。耳畔似乎又想起姐姐那叮咛的声音：

"弟弟，拿出勇气来呀……"

亲情的力量

"弟弟，拿出勇气来呀"，这是姐姐在弟弟遭遇挫折心灰意冷时对他的鼓励，虽然简单，却暗含着无数的力量。在困难面前，我们最需要的就是勇气，最缺乏的也是勇气。所以，当文中的弟弟遭遇飞来横祸时，几乎失去了所有的信心。是姐姐用楼房里那盏彻夜不灭的灯光让弟弟重新鼓起了生活的勇气，而自己却在一次意外中失去了生命。如果不是姐姐已经走了，或许弟弟永远都不会明白那盏灯的真相，然而也正是真相，让他更加懂得了姐姐的那一番苦心，也真正懂得了勇气的含义和亲情的力量。

生活中难免有挫折，当苦难意外降临时，我们会心灰意冷；当疼痛不停袭来时，我们会退缩……其实所有的这一切，都只因为我们缺少勇气。面对困难的勇气，忍受疼痛的勇气，这些勇气被我们遗忘甚至丢失。让我们重新找回勇气吧，如果面前是一座山，就让我们拿出勇气翻越它，相信我们会感觉到阳光的灿烂；如果面前是一片海，就让我们拿出勇气征服它，相信我们会看到盛开在彼岸的花朵。

鲁迅先生曾经说过："苟活着在淡红的血色中，会依稀看见微

茫的希望。"假如苟活者在绝望之中能够拿出勇气，战胜绝望，我想他一定能够找到那颗为他而闪耀的星星，他不再会迷失方向。

　　拿出勇气来吧，勇气让我们学会坚持，赐予我们力量！

最贵的项链

....唐娜

店主站在柜台后面，百无聊赖地望着窗外。一个小女孩走过来，整张脸都贴在了橱窗上，出神地盯着那条蓝宝石项链看。她说："我想买给我姐姐。您能包装得漂亮一点吗？"

店主狐疑地打量着小女孩，说："你有多少钱？"

小女孩从口袋里掏出一个手帕，小心翼翼地解开所有的结，然后摊在柜台上，兴奋地说："这些可以吗？"

她拿出来的不过是几枚硬币而已。

她说："今天是姐姐的生日，我想把它当作礼物送给她。自从妈妈去世以后，她就像妈妈一样照顾我们，我相信她一定会喜欢这条项链的，因为项链的颜色就像她的眼睛一样。"

店主拿出了那条项链，装在一个小盒子里，用一张漂亮的红色包装纸包好，还在上面系了一条绿色的丝带。他对小女孩说："拿去吧，小心点。"

小女孩满心欢喜，连蹦带跳地回家了。

在这一天的工作快要结束的时候，店里来了一位美丽的姑娘，她有一双蓝色的眼睛。她把已经打开的礼品盒放在柜台上，问道："这条项链是从这里买的吗？多少钱？"

"本店商品的价格是卖主和顾客之间的秘密。"

姑娘说："我妹妹只有几枚硬币，这条宝石项链却货真价实。她买不起。"

店主接过盒子，精心将包装重新包好，系上丝带，又递给了姑娘："她给出了比任何人都高的价格，她付出了她所有的一切。"

我用所有的一切来爱你

表达感激的方式有很多种，只要是真心的，它可以是任何方式，比如一朵鲜花，一件礼物，甚至一个微笑。故事中的小女孩为了感谢姐姐对她的照顾，在姐姐生日来临之际要送给她一条像她的眼睛一般美丽的蓝宝石项链，当然，她是付不起昂贵的价钱的。她很兴奋地拿出了自己所有的积蓄，她以为已经足够了。最终她的感恩之心感动了老板，因为小女孩已经付出了她的一切，尽管她能拿出的只是几枚硬币，但她还有满腔的爱和真诚。

在很多时候，东西的贵重与否不能简单地以金钱来衡量，正如一条蓝宝石项链，它的价值不可能仅仅值那几枚硬币，但小女孩还是买到了它，因为她为它倾其所有，因为她在用全部的爱来表达对姐姐的感激。

感激如同春天里的细雨，可以催开希望的蓓蕾；如同夏日里的微风，可以扫掉遮蔽心田的阴霾；如同秋日里的丰硕果实，映照着丰收的笑脸；如同冬日里烘焙大地的暖阳，化解着生命的严寒。当我们对别人的关爱怀有一颗感激之心时，得到的将是满怀的温情。

时常拥有一颗感激的心，是一种幸福。在感激的同时，你会发现自己是如此的富有。因为有爱，我们的人生不再寒冷；因为有感激，我们的心灵不再干涸；因为懂得付出，我们不再贫穷；因为收获感动，我们的人生才如此精彩。

两片雪花

　　兄弟姐妹就像天上飘落的雪花，本是互不相识的，但就是那么的一阵缘分的风，把它们一起吹落于大地，化作了雪水永不分离。

　　那片叫姐姐的雪花。

　　姐姐在她3岁的时候，家里多了一个叫弟弟的男孩，那个小家伙好像天生就是块讨人的料，别人抱着的时候总是哭个不停，轮到姐姐抱的时候就是哈哈大笑。就是那么一个无邪依赖的笑深深地印在了姐姐的心里，那时候姐姐最大的愿望就是有了钱的时候给弟弟买一串又长又大的糖葫芦，因为弟弟总是看着那个东西笑，那是弟弟除了看她之外笑得最多的时候。

　　到了姐姐5岁的时候，弟弟已经是整天哭着鼻子跟在姐姐的身后，拽着姐姐的衣角，让姐姐给他买糖吃了。

　　再后来姐姐上学了，身后少了那个叫弟弟的尾巴，心里总不是滋味，总想把弟弟一起带到学校里来，那样的话，他们就可以在一个班级里上课，一起做游戏了。可是想想弟弟太小了，上学校要是被人欺负了怎么办，还是待在家里好。想到这姐姐不禁释然了。

　　姐姐10岁的时候也是她最开心的时候，因为不久弟弟就要来学校和她一起念书了，姐姐要把自己积攒了多年的本子和铅笔给弟弟用，还要教他怎么读汉字，算算术题。想到自己的功劳这么大，姐姐心里比得了奖状还要高兴。

　　姐姐15岁的时候，离开了家乡开始到南方去打工，一是因为自

己没有考上重点中学，二是因为弟弟的成绩非常优秀，她要攒钱供弟弟上大学。姐姐为自己做出的决定无怨无悔。

姐姐 20 岁的时候，并没有像村子里的其他女孩一样嫁人，因为那个夏天她的弟弟考上了重点大学，父母都是农民，无力供养一个大学生，姐姐要用自己的双手为弟弟支起那片求学的天地。

那片叫弟弟的雪花。

弟弟在 3 岁的时候，开始渐渐发觉世界上有一个对他好的那个叫姐姐的人，无论他要什么，姐姐都会设法给他办到。弟弟最喜欢吃糖葫芦了，为了满足弟弟的愿望，姐姐就把自己攒了许久的储钱罐给砸碎。在弟弟尽情品尝那份甜蜜时，姐姐总是摇头笑着说自己不喜欢吃甜的东西。

弟弟在 7 岁的时候，姐姐迎来了她第一个大的生日，那天吃午饭的时候，弟弟问姐姐许了一个什么生日愿望，姐姐说希望弟弟能够快点长大，那样的话，他们就可以每天一起上学，一起做作业，一起玩游戏了。弟弟笑着说，那我是不是要像你一样每天早上要早早起床了。可我……就那么一点点爱睡觉怎么办，姐姐说我每天都会叫你的，弟弟又说那我可不可以吃两个鸡蛋呢？姐姐说只要弟弟好好学习一切都行。

弟弟 10 岁的时候，有一天，姐姐突然离开了家，那个晚上弟弟第一次哭了，并发誓永远也不理姐姐了。当姐姐从很远的地方打回家的第一个电话的时候，弟弟哭着问姐姐是不是又找到了一个比自己更乖的弟弟，姐姐哭着说自己开始想家，但是她不会回家，因为她要挣钱给弟弟读大学，让弟弟好好学习。从那个时候起，弟弟发誓一定要考上大学，因为那个时候，姐姐就可以回家了。

弟弟 18 岁的时候终于考上了大学，可是姐姐并没有回家，因为姐姐准备供弟弟念完大学，就在那个上大学的晚上，弟弟暗暗发誓这辈子只对一个人好，那就是为他牺牲青春年华、爱他的姐姐。

记住别人对你的好

这个世界上总有一种人心甘情愿地为我们付出，他们就是我们的父母，我们的兄弟姐妹。故事中的"两片雪花"，把我们带到了一个充满爱的乐园。

姐姐和弟弟很投缘，因为弟弟在她面前很乖，而且喜欢冲着她笑。为了让弟弟开心，姐姐砸碎了自己的存钱罐，一把零碎的硬币换来了一个糖葫芦，也换来了弟弟无邪的笑容。为了弟弟，姐姐什么都舍得。曾几何时，姐姐希望和弟弟一起去上学，一起玩游戏，可有一天，姐姐却不得不离开心爱的校园，孤身一人漂泊在远方，为了供弟弟上学，姐姐只好放弃自己的学业。

这样的付出，并不是所有的人都能做到，所以请你一定要铭记。

弟弟也喜欢姐姐，喜欢跟在姐姐的后边，和姐姐一起玩耍一起上学。但是有一天，姐姐独自去了远方，年幼的他不明白为什么，只是发誓永远也不理姐姐了。直到真正长大的那一天，弟弟终于明白了姐姐当初离开的真正原因。为了能够让姐姐早回家，弟弟又立下了一个誓言：一定要考上大学。他终于明白了这个世界上谁是为他付出最多的人，当别人都穿上嫁衣的时候，姐姐仍然在为了他的学费而奔波在外。

这样的牺牲，只有你的亲人能做到，所以请你一定要铭记。

我们往往会牢记自己的付出，却容易忘记感恩。只有常怀感恩之心，我们才能感受到家庭的幸福和生活的快乐。在成长的道路上，让我们时时提醒自己：滴水之恩，当涌泉相报！

奇　迹

............................雪兰

　　朱莉亚望着襁褓中的弟弟迈克，他躺在婴儿床里不住地哭，屋子里弥漫着一股药味。爸爸妈妈告诉朱莉亚，迈克病得很重。她并不清楚迈克到底得的是什么病，只知道弟弟不太高兴。他老是哭，现在也是。朱莉亚轻轻抚摸着弟弟的小脸，细声细语地说："迈克，别哭了。"迈克果然不哭了，盯着姐姐看，眼里闪着泪花。她牵起他的小手，他满是汗水的手指求救般地抓住了她的一根指头，朱莉亚安慰地紧握了一下。这时，她听到父母在隔壁房里说话。朱莉亚虽然只有六岁，但她知道，当大人压低声音说话时，就是在讨论重大的事情。朱莉亚很好奇，她亲了亲弟弟，踮起脚尖走到门边去。

　　"开刀太贵了，我们付不起。我最近连账单都付不出来。"这是父亲的声音。母亲回答："老天保佑，现在只能靠奇迹来救迈克了。"

　　朱莉亚感到疑惑："奇迹是什么？他们为什么不去弄一个来？"她跑进房间，从存钱罐里倒出了唯一的一块钱硬币，她要去买个奇迹给弟弟。朱莉亚跑进街对面的超市，收银台前人们在排队付账。好容易轮到她了，朱莉亚把那枚攥得热乎乎的硬币递过去。收银员看见是个脸色红扑扑的小女孩，便弯下腰微笑着问道："小妹妹，你要买什么？"

　　"谢谢，我要买个奇迹。"

　　"什么？对不起，你要买什么？"

　　"嗯，我弟弟迈克病得很重，我……我要买个奇迹。"

　　收银员一头雾水。于是对周围的人说："谁能帮助这个小孩？

我们没卖过什么奇迹啊!"

一个穿着体面的先生问:"你弟弟需要什么样的奇迹?"

"我不知道,爸爸妈妈说迈克病得很重,他需要动手术。"

穿着体面的先生弯下身,拉着朱莉亚的小手:"你有多少钱?"

朱莉亚说:"一块钱。"

他拿起一块钱:"嗯,我想,现在一个奇迹大约就是这个价钱。我们去看看你弟弟,也许我有你需要的那个奇迹。"

几个月后,朱莉亚看着站在婴儿床上的弟弟在高兴地玩耍。她的父母正和那位穿着体面的先生交谈,原来他是一位知名的神经外科医生。朱莉亚的妈妈说:"大夫,我们还是不知道手术费是谁付的,您说是位不愿意透露姓名的善心人士,他一定花了不少的钱。"朱莉亚的妈妈一再要求大夫把医疗费用的账单拿给她看,好设法筹措支付这笔费用,大夫答应很快会把账单寄来。

几天后,朱莉亚一家终于收到了大夫寄来的信,打开一看是一张收费凭证单,上写全部医疗费用我已经收下:一块钱和一个小女孩的一颗爱心。

有爱就有奇迹

这个世界上并不缺少奇迹,只是大多数情况下,我们未必能碰上。也许你对奇迹充满了好奇,奇迹到底是怎样产生的呢?是不是有谁在暗中相助?也许吧,上天喜欢帮助那些有爱心的人。爱心,往往像黑暗里的一盏明灯,照亮了我们跋涉的路途,给我们增添无数的勇气,让我们疲惫的心获得光明和温暖。

这是一个有爱就有奇迹的世界。曾经看过这样一个报道:一位矿工因为意外事故而被埋在了坍塌的矿井下,生命危在旦夕。死神一次次向他逼近,他几乎再也无法支撑下去了,但他的心中仍然有一个信念让他坚持,再坚持!到底是什么样的信念能够给他无穷无

尽的力量？因为在他的脑海中，总是出现那个还在襁褓中的女儿的样子，粉嘟嘟的小脸，胖乎乎的小手……妻子期盼的眼神，也总在他眼前不停地晃动。他的内心充满了对亲人的爱与留恋，所以他一次次对自己说：坚持，一定要坚持，会有人来救我的！就靠着这样一个信念的支撑，他真的等到了救援队，若干天后，他终于获救了。当人们问起他是怎样创造了一个生命的奇迹时，他说是爱，是一颗火热的爱心！

真正的爱，真的可以打动上天，可以让生命得以延续。

故事中的小女孩为了弟弟，很虔诚很执着地去购买奇迹，显然她不明白奇迹的真正含义，但她用她的行动创造了一个真实的奇迹。爱心，是奇迹的源泉！

有一种情永远记在心底

钟离窨蝶

都市的冬天很冷，裹紧衣服走向邮局，拨响弟办公室的电话。

"姐，我刚发工资，寄了一份给你。"

弟的声音从遥远的那边传来，却让我感觉很近，似乎弟就站在眼前。于是，所有的往事都浮上脑海。

我和弟年纪相差很近。小时候，两姐弟总爱吵架、打架。弟长得很矮小，很长一段时间里，我都比弟高出很多，便总想声色俱厉压制他。弟不服，两人常扭作一团。到底我个子高，力气大，打了弟几拳便跑。

那时候，我们家还是住着一座大宅院。通往阁楼的地方架着一架小木梯。每次打了弟后，我便冲向木梯，迅速爬上小阁楼，再转身将木梯提起来。弟站在下面够不着，干着急。

"来呀，有本事就上来呀，来打我呀！"

我得意地冲着弟嬉皮笑脸，还故意将小木梯一晃一晃。

"跳上来啊，谁叫你这么矮，长大了肯定老婆都娶不到，看你当和尚去……"

弟气得满脸通红，瞪大两眼愤怒地望着我。在他心目中，娶不到老婆是最丢人的，我偏用这一点气他。

妈总是骂我："你看你，哪有一点做姐的样子？"

"我也是人，我为什么要有做姐的样子？"我愤愤不平朝妈大嚷，随即瞪着眼睛看弟。弟也不甘示弱，使劲瞪我，两姐弟像两只斗架的公鸡。

小学三年级时，我和弟分在一个班。有一次，班上一个高个子

同学要弟叫他姐夫。矮小的弟冲上去，对着高个子玩命地拳打脚踢。我怕弟吃亏，赶紧去叫老师。

当老师将骑在弟身上的高个子扯开时，弟狠狠盯着他咬牙切齿："就你这狗样，也想配得上我姐！"

班主任私底下对妈说："你儿最护他姐。"真的，平时在家，两姐弟打架脸红脖子粗，但到了外面，弟从不允许任何人欺负我。

木梯上的那幕依然隔三岔五地上演，从来没有变过。不管弟是求、是骂，我都从未将木梯放下过。这样打打闹闹，一晃就是十来年。

弟考上市立中专，正临近毕业。而我也如愿考上梦想中的省重点学院。走的那天，弟大揽大包帮我提着行李走在前头。我忽然发觉当年那个和我打架的矮小子长大了，不知何时已高出了我许多。那头黄黄的短发已变得浓密而又乌亮。这就是当年那个站在木梯下跳着脚和我骂架的小男孩吗？

车要开了，弟从窗口边递行李边笑着叮嘱："姐，好好读书，我领了工资资助你。"我的鼻子有点酸，望着弟用力点头。

弟毕业后，分在机关工作，离家不远。我常笑弟没有出息，既不想考大学，也不知道出去闯闯。要是我毕业了，无论如何都不会回那么偏远的小城。弟只笑笑，从不反驳我。一年里，两姐弟见面的机会很少，说话都没有时间，哪还有时间拌嘴。

弟带我去外面玩，挤车买票都是弟打冲锋，我只管空着双手跟在后面。

远在深圳的舅舅来给爸妈拜年。弟对舅说："我真想上大学，可我要供我姐读书，我姐很有才气，将来会有出息的。我也想去深圳闯闯，可我不放心爸妈，父母养大我们不容易……"

我躺在隔壁看书，听到弟的话愣住了，既而泪水顺着脸颊簌簌流下……

接到弟的汇款单，我跑到足球场大哭了一场，然后拨响弟的电话。

"姐，天冷了，你自己去买件厚点的衣服穿吧。"

弟的声音很近，仿佛只隔着一层窗纸。泪再次涌出我的眼眶。

真希望时光能倒回从前，我一定会放下小木梯……

相隔一层纸的亲情

弟弟的声音，从电话的那头传过来，仿佛只隔着一层窗纸，姐姐和弟弟之间的亲情，看似很轻，实则很浓，仿佛朦胧中也隔着一层纸。

姐姐从小就"欺负"弟弟，弟弟的矮个子成了他致命的"弱点"，就因为这个原因，他似乎永远都够不到那个被姐姐悬在空中的梯子。在姐姐的眼中，弟弟永远都是那个不懂事的小孩。不知不觉中，弟弟的个头超过了姐姐，也不再和姐姐吵架，并且很懂事地说领了工资资助姐姐读书。其实，弟弟也是一个懂事的孩子，只是姐姐似乎从来都没有觉察到。

姐姐依旧开弟弟的玩笑，可她哪里知道弟弟之所以选择不上大学，是因为他觉得姐姐的功课比他好，之所以选择留在家乡，是因为有爸妈需要照顾。弟弟其实比姐姐懂得的要多，而且他已经懂得了承担起作为儿子的责任。

弟弟的付出是姐姐不曾想到的，在知道真相的刹那，姐姐泪流满面。其实有好多时候，我们都会像故事中的姐姐一样，在无意中忽视了身边的亲人对我们爱的付出，我们把事情的结果看成了一种理所当然，却从未去想过事情为什么会是这样。

世界上的亲情大抵如此，不必用语言去表达，只是默默地付出，为你铺就一条通往成功的路。不过只要我们用心去感受，就一定会明白，只要心与心没有距离，那一层纸的相隔也没有什么了不起。

这辈子最爱的人

………………………………………………………………常草

　　我的家在一个偏僻的山村，父母都是面朝黄土背朝天的农民。我有一个小我 3 岁的弟弟。

　　有一次我为了买女孩们都有的花手绢，偷偷拿了父亲抽屉里五毛钱。父亲当天就发现钱少了，就让我们跪在墙边，拿着一根竹竿，让我们承认到底是谁偷的。我被当时的情景吓傻了，低着头不敢说话。父亲见我们都不承认，说："那两个一起挨打。"

　　父亲说完就扬起手里的竹竿，忽然弟弟抓住父亲的手大声说："爸，是我偷的，不是姐干的，你打我吧！"

　　父亲手里的竹竿无情地落在弟弟的背上、肩上，父亲气得喘不过气来，打完了坐在炕上骂道："你现在就知道偷家里的，将来长大了还了得？我打死你这个不争气的！"

　　当天晚上，我和母亲搂着满身是伤痕的弟弟，弟弟一滴眼泪都没掉。半夜里，我突然号啕大哭，弟弟用小手捂住我的嘴说："你别哭，反正我也挨完打了。"

　　我一直在恨自己当时没有勇气承认，事过多年，弟弟为了我挡竹竿的样子我仍然记忆犹新。那一年，弟弟 8 岁，我 11 岁。

　　弟弟中学毕业那年，考上了县里的重点高中。同时我也接到了省城大学的录取通知书。那天晚上，父亲蹲在院子里一袋一袋地抽着旱烟，嘴里还叨咕着："俩娃都这么争气，真争气！"

　　母亲偷偷地抹着眼泪说："争气有啥用啊，拿啥供啊？"

弟弟走到父亲面前说："爸，我不想念了，反正也念够了。"

父亲一巴掌打在弟弟的脸上，说："你咋就这么没出息？我就是砸锅卖铁也要把你们姐俩供出来。"说完转身出去挨家借钱。

我抚摸着弟弟红肿的脸说："你得念下去，男娃不念书就永远走不出这穷山沟了。"

弟弟看着我，点点头。当时我已经决定放弃上学的机会了。

没想到第二天天还没亮，弟弟就偷偷带着几件破衣服和几个干巴馒头走了，在我枕边留下一个纸条："姐，你别愁了，考上大学不容易，我出去打工供你。弟。"

我握着那张字条，趴在炕上，失声痛哭。那一年，弟弟 17 岁，我 20 岁。

我用父亲满村子借的钱和弟弟在工地里搬水泥挣的钱终于读到了大三。一天我正在寝室里看书，同学跑进来喊我："梅子，有个老乡在找你。"

怎么会有老乡找我呢？我走出去，远远地看见弟弟，穿着满身是水泥和沙子的工作服等我。我说："你咋和我同学说你是我老乡啊？"

他笑着说："你看我穿得这样，说是你弟，你同学还不笑话你？"

我鼻子一酸，眼泪就落了下来。我给弟弟拍打身上的尘土，哽咽着说："你本来就是我弟，这辈子不管穿成啥样，我都不怕别人笑话。"

他从兜里小心翼翼地掏出一个用手绢包着的蝴蝶发夹，在我头上比量着，说："我看城里的姑娘都戴这个，就给你也买一个。"

我再也没有忍住，在大街上就抱着弟弟哭起来。那一年，弟弟20 岁，我 23 岁。

我第一次领男朋友回家，看到家里掉了多少年的玻璃安上了，屋子里也收拾得一尘不染，男朋友走了以后我向母亲撒娇，我说："妈，咋把家收拾得这么干净啊？"

母亲老了，笑起来脸上像一朵菊花，说："这是你弟提早回来收拾的，你看到他手上的口子没？是安玻璃时划的。"

我进弟弟的小屋里，看到弟弟日渐消瘦的脸，心里很难过，他还笑着说："你第一次带朋友回家，还是城里的大学生，不能让人家笑话咱家。"

我给他的伤口上药，问他："疼不？"

他说："不疼。我在工地上，石头把脚砸得肿得穿不了鞋，还干活儿呢……"说到一半就把嘴闭上不说了。

我把脸转过去，哭了出来。那一年，弟弟23岁，我26岁。

我结婚以后，住在城里，几次和丈夫要把父母接来一起住，他们都不肯，说离开那村子就不知道干啥了。弟弟也不同意，说："姐，你就全心照顾姐夫的爸妈吧，咱爸妈有我呢。"丈夫升上厂里的厂长，我和他商量把弟弟调上来管理修理部，没想到弟弟不肯，执意做了一个修理工。

一次弟弟登梯子修理电线，让电击了住进医院。我和丈夫去看他，我抚着他打着石膏的腿埋怨他："早让你当干部你不干，现在，摔成这样，要是不当工人能让你去干那活儿吗？"

他一脸严肃地说："你咋不为我姐夫着想着想呢？他刚上来，我又没文化，直接就当官，给他造成啥影响啊？"

丈夫感动得热泪盈眶，我也哭着说："弟啊，你没文化都是姐给你耽误了！"

他拉过我的手说："都过去了，还提它干啥？"

那一年，弟弟26岁，我29岁。

弟弟30岁那年，才和一个本分的农村姑娘结了婚。在婚礼上，主持人问他，你最敬爱的人是谁，他想都没想就回答："我姐！"

弟弟讲起了一个我都记不得的故事："我刚上小学的时候，学校在邻村，每天我和我姐都得走上一个小时才到家，有一天，我的

手套丢了一只，我姐就把她的给我一只，她自己就戴一只手套走了那么远的路。回家以后，我姐的那只手冻得都拿不起筷子了。从那时候，我就发誓我这辈子一定要对我姐好。"

台下一片掌声，宾客们都把目光转向我。

我说："我这一辈子最感谢的人是我弟。"在我最应该高兴的时刻，我却止不住泪流满面。

姐弟情深

我含着泪读完了这篇文章，被文中姐弟的亲情深深地打动了。也许这个世界上最能持久的就是亲情了，不管经历了多少年，都不会失去它本来的色彩，在岁月的淘洗中，它会散发出越来越鲜亮的光泽。

从很小的时候，弟弟就知道保护姐姐，明知道承认偷钱会被老爸暴打，可弟弟还是说钱是自己拿的。为了供姐姐上大学，同样优秀的弟弟主动放弃自己的学业，孤身一人去远方打工。我们从很小的事情中都能感受到弟弟对姐姐的爱，比如一个蝴蝶发夹，比如在姐姐带男朋友回家时把屋子打扫得干干净净……弟弟为姐姐无怨无悔地付出着，而原因竟然简单得让所有人大吃一惊，那就是姐姐曾经给了他一只手套而把自己的手冻得不能拿筷子。这件事连姐姐自己都不记得，而弟弟却从此用自己全部的爱来回报姐姐，这样的感恩之心，叫我们如何不感动？

亲情，是世界上最淳朴、最无私、最圣洁的情感。它像一剂良药，可以药到病除；它像一缕春风，可以复苏万物……亲情是心灵的港湾，是我们内心最温暖最甜美的归宿。

我们感叹于亲情的伟大和神奇，它可以让一个人如此无私地奉献着自己的全部，是如此不可思议而又如此真切。用心感受生命中的每一份亲情吧，在感动的同时，让我们用爱去回报那些为我们默默付出的人。

手足情深

..................................佚名

长安城里，有一户人家，父亲带着三个儿子过活。不幸的是，有一天，父亲病重过世。

老大田真拉扯两个兄弟慢慢长大成人。兄弟三人成年后，想到也该各自独立生活了，于是，便商量着分家另过。

三兄弟平日里相互友爱，情同手足，分家的事，大家毫无争议，所有的财产，统统分成三份，每人各得一份。

院子里有一棵多年生的紫荆树却不知该如何分才能公平。三个人你看我，我看你，都没有了主意。大哥田真主动让给两兄弟，两兄弟也谁都不肯独占这棵紫荆树。最后，实在没有主意，兄弟三人只好决定把树从上到下分成三截，每人取一段。这样的分法可谓公平分配，谁都没有意见。说好了，第二天砍树分树。

第二天，一大早，兄长田真提着斧子和锯来到院子里，抬头一看，愣住了——昨天还好好的一棵紫荆树，今天怎么像是要枯死的样子？叶子全都枯萎了，枝条也像被烧过一样，干裂粗糙。

田真连忙去唤两位兄弟，两兄弟随大哥来到院子里一看，也都愣住了。这究竟是怎么回事呢？兄弟三个相对无言，木偶一样愣在那里。

好一会儿，大哥田真忽然拍了拍脑袋，对两兄弟说：

"我想是不是不愿意我们把它砍倒分开？"

两个兄弟也似有所悟地喊道："不错！不错！一定是这么回事。"

田真对两兄弟说道：

"两位兄弟，看了这紫荆树的变化，难道我们不觉得伤心和惭

愧吗？这棵紫荆树在我们家院子里生活了几十年，它亲眼看着我们兄弟三个长大成人。它不愿意把同根生长的根茎、树干和树梢分割开来，所以听了我们砍树的想法便很有灵性地表现出它的伤感，从而也教育我们同母所生的亲兄弟如同手足不可分割。"

三兄弟至此不再想分树的事，连家产也不分了，大家和和气气地生活在一起。紫荆树也奇迹般地恢复了生机，比以前长得更加繁茂。

珍惜亲情

当亲情面临分割的时候，一颗生机盎然的大树都会在一夜之间枯萎，固然这可能只是一个传说，但假如我们的生活缺少了亲情，必然会像那颗大树一样，由茂盛而转向凋零。

无论什么时候，无论什么地方，在亲情面前，我们都有着同样的渴望和享受。无法想象，如果缺失了亲情，如果亲人之间形同陌路，我们的生活将会变成何种景象。

"爱亲者，不敢恶于人；敬亲者，不敢慢于人。"然而不知道从什么时候起，我们开始将亲情渐渐丢失。如果任由亲情冷漠的世风蔓延，谁又能保证总有一天我们不会面临某种不可想象的窘境而手足无措？

是什么让我们怠慢了亲情、遗落了亲情？我们也许会找出许多看似恰当的理由，但当我们终于不再为温饱发愁的时候，蓦然回首，却发现生活中浓浓的亲情已被遗落他方。亲情无价，我们应该好好地去珍惜它，呵护它。

亲情不关机

龙鹏

弟弟的手机两天没有打通了，母亲打电话来，焦虑地问我："每次打弟弟的手机总说已关机，究竟怎么回事儿？以前很少关机的呀！"

母亲问我弟弟这段时间有没有和我联系，我说："一个星期前他给我打过电话，说月底要到北京办事处工作，现在正在熟悉有关业务。"

母亲说："是啊，他工作那么忙，没有理由关机呀！"

母亲挂电话时，叮嘱我多打几次弟弟的手机，看看是否能够联系上。

前不久，弟弟从一个部门经理的位置上离职，跳槽到一家科技公司任驻北京办事处经理。那天他打电话时说了那家公司的名字，我没记清，所以，我虽有意通过114查号台联系弟弟所在的公司，但却无法查询号码。

我只有试着拨弟弟的手机，一遍又一遍，可手机里只传出"您好，您所拨打的电话已关机"的声音。

整整一天，我拨打弟弟的手机足有十几次，但却始终无法接通。

晚上，母亲又打电话来，问是否和弟弟联系上了。母亲说，她和父亲这几天也在不停地打弟弟的手机，但弟弟的手机始终是关机。我理解母亲的焦虑，其实，她和父亲无法接通弟弟的手机，我同样也是。母亲只是怀着一线希望，希望弟弟会突然给我打个电话，可是没有。

母亲说："不会出什么事儿吧？"

我安慰母亲说："不会的。弟弟在外闯荡了几年，年龄虽小但有胆有识，他会照顾好自己的。"

放下电话，我有些心虚。那天晚上，我失眠了。

第二天早上六点，我躺在床上再次拨打弟弟的手机，听筒里传出的仍然是："您好，您所拨打的手机已关机。"

我终于沉不住气了，开始翻箱倒柜地寻找弟弟几个月前来我这儿时留下的任何线索，希望可以找到他的同学和朋友的电话，以便与他们联系。正忙着，电话响了，拿起一听，是弟弟打来的。

"哥……"

刚听到那熟悉的声音，我的眼睛湿润了："你是怎么搞的！怎么这些天手机一直关机！"一向对弟弟纵容的我忍不住对弟弟发起了脾气。

弟弟说："哥，我的手机丢了，前几天刚买了一部，换了新号码，正想给你讲一声……"

我说："手机丢了为什么不和家里说一下，你知不知道家里联系不上你有多担心？以后再换新号码，一定要及时把号码告诉家里，知道吗？"

弟弟唯唯诺诺地应了，说："哥，我这就给爸妈打个电话……"

放下电话，我又是欣喜又是生气。我不知道父母接到弟弟的电话会不会训他，但我想，纵然狠狠地骂他一顿，父母心里也会感到宽慰：他们心里的石头终于可以放下了。

想起以前，弟弟独自在外闯荡，家里最担心的是他能否找到好的工作，能否如他所愿干出一番事业，出人头地。而联系不到弟弟的这几天，我和我的父母都终于明白：富贵或者贫穷，得意或者落魄，这些都不重要，重要的是能听到弟弟平安的消息。哪怕只是轻轻的一声"喂"，也足以抚慰亲人所有的牵挂与担心，让满天的阴云瞬间化作晴空万里。

　　每一位游子，都要永远记住：别让你手机传出已关机的声音——如果一定要关机，也要及时给亲人打个电话，报声平安。

　　手机可以关掉，但绝不可关掉亲情的联系。你的平安，永远是家人最大的幸福与慰藉。

你的平安，我的心愿

　　看了这个故事，我为人世间最平常也最动人的亲情感动了。一个打不通的电话，让所有的亲人都在为弟弟担忧，而当弟弟的声音由远方传入哥哥耳朵里的时候，哥哥的那种欣喜让我们每个人都体会到了"放心"的幸福。

　　温暖我们一生的亲情，是我们最珍贵和唯一不会消失的依靠！成功时，我们能够感受亲情的祝愿；失意时，我们还有亲情的安慰。亲情，总是在我们最需要的时候出现，亲情，就是一条让我们牵绊一生的情感之路……

　　记得以前看过这样一首小诗：母亲／我是你放飞的风筝／无论飞得多高多远／那线／都在你的手里。我们都知道，无论我们走到哪儿，母亲总会在风筝的另一头扯动着那根线，轻轻地告诉我们，自己保重，记着回家。

　　亲情是令人感动的，那一个个打不通的电话告诉了我们亲人的牵挂；亲情的表达又很平凡：亲情是哥哥那嗔怪的口气，是爸妈焦急的问候，是我们离开时在转弯路口那不经意地回头……亲情就像一杯温暖的咖啡，在我们心生疲惫的时候带给我们无尽的惬意，让身体的血液热腾，一股股暖流帮我们驱赶周围的雨雪风霜。

　　文章的最后说，手机可以关掉，但绝不可以关掉亲情的联系。是的，当我们身在异乡，给父母和亲人最大的安慰，就是那一个个报平安的电话，我们的平安，是亲人最大的心愿！

寄往天堂的问候

星星

一年一度的轮回又到了泪雨纷飞的清明日。

从花店出来,我与妹妹到了山的那边,我挑选了一束洁白的兰花,花瓣上的水珠在旭日晨光下闪着微光,散发着那清雅幽香的气息。我想生前酷爱兰花的弟弟,你一定会喜欢的。因为,兰花清亮、高雅、纯洁、孤傲的气质很像弟弟生前的性格。

四周习习的凉风缓缓地在身边游移,山路不算长,我却陷入了那痛彻心扉的回忆中……泪水就像那沥沥的细雨从脸颊滑落不停。三年前,永远无法忘却的、不堪回首的一幕:那个除夕的早晨,刺骨的寒风伴着冷冽的小雨,在医院的抢救室里,我抱着弟弟那还有点温热的身体,久久地、久久地不想放开,让他的身体慢慢、慢慢地变冷变硬,我还听见那震天撼地、悲痛欲绝的哭泣……

这是怎样的一种刻骨铭心的记忆……

三年来,为什么每次在我梦中出现的弟弟,总是那种无忧无虑的童年情景?真的是人们所说的"日有所思,夜有所梦"吗?

我们童年的那些难忘趣事,为什么我至今还记忆犹新?曾记得,那时候的农村很难放映一次电影的,为了看一场在打谷场上公演的电影,你逃出了学校的文宣队,那天晚上正是学校文宣队要到驻军部队联合会演文艺节目,我却帮忙把你藏在那稻草堆里,让学校的老师、妈妈和同学到处找不到你,害得文宣队里的那段精彩的文艺节目不能正常演出,第二天,你受到了老师的严厉批评,遭到妈妈

的痛骂和同学的指责……

那时候的我们是那么顽皮和幼稚！

忘不了，我们小时候的每个寒暑假，爸爸总是把我们俩送回到他的故乡，那座悠久而古老的大桥，是我们熟悉和曾经牵手走过的路，那条涓涓流淌的河流是我们和堂兄姐弟一起游闹戏水的地方，在夜幕降临的夏夜，我们就在那座大桥上，跟故乡的小朋友们一起捉迷藏、玩游戏，或者倚在大桥的栏栅眺望着那湛蓝的美丽星空，吟诵那些"月是故乡明"的诗句……

山道弯弯，弯弯山道，我已经清晰地看到那萋萋芳草丛中的墓碑上镌刻的名字。来到了弟弟的身边，俯下身，将鲜花放置在弟弟枕边。心像雨水滴落在湖，层层荡漾。始终没有一种办法让我知道，那个地方是什么样的，下雨的日子，能不能听到花开的悲叹，天晴的时候，能不能看见大地云散雾开的笑脸？那个世界是否也有春天里悠扬的琴声、夏日的歌谣、秋天的童话和腊月的寒梅？一直以来，人们都习惯于把那个世界称为"天堂"。

弟弟，那个地方真是天堂吗？你在天堂过得好吗？

思 念

这是一篇写给弟弟的文章，全篇充满了思念之情，而弟弟，已经永远地离开了这个世界，"弟弟，那个地方真是天堂吗？你在天堂过得好吗？"作者在最后的悲怆发问，将她对弟弟的思念推向了顶峰。

对往事的回忆往往能够缓解我们的思念，然而对一个已经离开的人的回忆，却只能将思念蒙上一层更凄美的面纱，让思念者内心的悲痛朦胧而不绝。

思念一个人的时候，往往会觉得多年前的旧事，好像发生在昨天一样；即使隔了千万里的距离，却也如同近在咫尺。

　　在思念中绽放一张笑脸，是一份美好，是一种心醉；思念里浮现出一双泪眼，是一份牵挂，更是一种心碎。思念中的气息浓烈而浪漫，思念里的歌谣悲凄而伤感。当旧日的种种美好在一刹那间再次涌上心头，弟弟那张永远年轻的脸便将再一次悄然打湿姐姐的容颜。

　　对故人的思念，来时如大浪汹汹，去时似细流潺潺。一个熟悉的场景，一句说过的话，一首共同唱过的歌，都可以让我们打开记忆的闸门，任思念之情泛滥成灾。这时候，也许旭日渐升，也许斜阳正浓，也许华灯初上。眼前似有他的影子在晃动，而心头早已是思绪翻涌。

　　思念一个人，这个人便永远活着，活在我们的心头上，活在我们的记忆中。因此，不要再去问"你在天堂过得好吗？"因为有了我们的思念，他便永远都不曾离开。

付出的快乐

························恩里克·加西亚

　　衣衫褴褛的小哥俩一个 10 岁，一个 5 岁，从农村到城里讨饭。饥肠辘辘的他们来到一户人家的门口，这家人在门口说："自己干活了才有饭吃，不要来麻烦我们。"他们走到另一户人家的门口，里面的人说："我们不给叫花子任何东西。"

　　在好多家门口都遭到拒绝和斥责，他俩很伤心。最后一位好心的太太对他们说："可怜的孩子，我去看看有什么东西给你们吃。"过了一会，她拿了一罐牛奶送给了他们。

　　他俩坐在马路旁，像过节一样高兴。弟弟对哥哥说："你是哥哥，你先喝。"他半张着嘴望着哥哥，用舌头舔着嘴唇。

　　只见哥哥睁大眼睛看着弟弟，拿着奶罐假装出喝奶的样子。其实他紧闭双唇，没让一滴牛奶入口。然后他把罐子给弟弟，说："现在轮到你了，你只能喝一点点。"

　　弟弟拿起罐子喝了一大口，说："牛奶真好喝。"哥哥接过罐子，假装喝了一口，又递给弟弟。奶罐在两人手中传来传去。哥哥一会说："现在轮到你了。"一会说："现在轮到我了。"一罐牛奶都被弟弟喝完了，哥哥一滴未喝。

　　但哥哥很快乐，他把那个空牛奶罐当足球踢。他是那样的兴高采烈，因为他的肚子虽然空空如也，心里却装满了快乐。

　　因为付出的人得到的回报是幸福。

懂得付出，收获幸福

假如你是故事中那个饥肠辘辘的哥哥，你是否也能做到像他那样，把牛奶都留给弟弟喝，而且还不让他知道真相？或许你会说，这还不简单，自己忍一忍不就过去了？那么，在别人需要帮助的时候，你是否能够及时伸出你的援助之手，力所能及地去帮助他们呢？你有没有体会过那种付出之后，收获一种幸福的感觉？

当你牺牲了自己的玩耍时间帮助妈妈清理屋子，看到妈妈欣慰的笑脸之后；当你把心爱的玩具送给邻居小妹妹，看到她欢呼雀跃的样子之后；当你把零花钱捐给需要帮助的人，听到他们真心地说谢谢之后……你有没有感觉到一种幸福？尽管少玩了一次游戏，尽管没有了那个可爱的玩具，尽管没能买上那个漂亮的发夹，但是在你的内心是不是已经感觉到了一种满足，还有一种无法用语言表达的快乐？

这种快乐就是幸福，是付出之后才能收获的幸福，是有能力给予才能感受的幸福。其实幸福很简单，不要单纯为了追求幸福而忙碌，只要你拥有爱心，能给亲人以及周围的人带来快乐，懂得用你的付出去帮助别人走出困境，你就一定会得到幸福。

付出与幸福是一对孪生姐妹，没有付出，就没有幸福，反言之，要想获得幸福，就必须得去付出。还有一句话说"能够给予，就不贫穷"，想得到幸福，就慷慨地付出吧！

为了妹妹

············大卫·尼德哈姆 著

一位小男孩的妹妹生病需要输血，小男孩在两年前曾得过同样的病，后来被治愈了，而妹妹康复的唯一机会，是获得曾患过同样疾病但后来痊愈的人的血液。由于两个孩子的血液同属某一特别的血型，小男孩便成了最理想的捐血人选。

"你愿意捐血给玛莉吗？"医生问。

詹尼犹豫着，他的嘴唇开始颤抖，然后微笑说："没问题，为了妹妹。"不久，兄妹二人被推进医院的房间。玛莉瘦弱而苍白，詹尼则强壮而健康。两个人都没有说话，但当两人四目相投，詹尼露齿而笑。

护士把针头插进他的手臂，詹尼的微笑逐渐消失，他看着血液流过管子。

当可怕的煎熬接近结束时，詹尼有点颤抖的声音打破了寂静。

"医生，我什么时候会死？"

医生此时才恍然大悟，原来詹尼起初的犹豫和嘴唇的颤抖，是因为他以为捐血就是牺牲生命，而在那一瞬间，他已做出了重大的决定。

爱的决定

故事很短，然而不妨碍它给我们带来心灵的震撼。小男孩在一瞬间做出的那个决定，在他的世界里是一个重大的决定，是一个关于选择生和死的决定。因为他不明白捐血的真正含义是什么，他把

捐血等同于用生命来挽救妹妹。所以当他颤抖地说"没问题，为了妹妹"时，他已经下决心牺牲掉自己了。这个决定对于小男孩来说意义非凡，因为他以为他再也不能够留在这个世界上，但他依然鼓起勇气答应了医生的请求。

从小男孩那一瞬间的决定中，我们能收获什么？除了感动，是否还有别的东西？没错，是牺牲，是勇气，是为了亲人甘愿付出自己生命的伟大与豪迈！

假如我们也遇到了类似的情况，需要付出我们的生命来挽救亲人的生命，你是否能在一瞬间做出这样一个决定？也许每一个人面对如此情况时都会犹豫甚至颤抖，但我想只要心中有真爱，有亲情，一定都可以做到。人世间最大的幸福，不就是能够看到自己所爱的人健康快乐地活着吗？

关于"决定"，的确是一件难事！一切的一切，当我们拥有的时候，不觉得很珍贵，但一旦因为一个决定而马上要失去的时候，才知道做出选择需要多大的勇气。我们的一生中，必定面临许多次的选择："失去"的痛苦，"决定"的两难……假如我们的决定能够换取亲人的幸福，那就勇敢地去做吧，这样的决定，具有和生命等同的价值！

用婴儿交换小羊羔

··[美] 穆里尔·巴士曼 著　艾草 编译

当我们最小的妹妹出生时，我的弟弟6岁，我8岁。在那之前，我总是以"大姐姐"自居，而我的弟弟总被当作"小宝宝"。

妹妹的到来令我俩惊奇万分。在那些日子里，不再有人担心我们的姐弟之战，也没有专家告诉我们应该如何对待这所房子里的新孩子，尽管我们有贤明而又慈爱的祖父母。

小婴儿的出现使我激动又兴奋，我喜欢抱着她，帮助妈妈照料她。但是，弟弟的感觉却与我完全不同。他只是飞快地看了她一眼，然后就离开了。他宁愿回到自己的房间里独自消磨一个晚上。当我走到他的房间试图让他与我一起做游戏时，他也是把脸转到一边，看着别处。"他们为什么要弄来那个小孩子呢？"

那天晚上迟一些时候，祖父过来看那个新生婴儿。他抱着她对我弟弟说："你知道吗，她很像我喂养的那头温顺的小羊羔。我得经常喂它食物，好好照顾它，就像你妈妈照料这个小婴儿一样。"

弟弟小声嘀咕了一句："我宁愿要那头小羊羔。"虽然很低，但已足以让祖父听到。 虽然在我看来，我的祖父当时已经很老——至少已经50岁，我想，他的听力很好。他听到弟弟低声咕哝的那句话了。

"好吧，"祖父说，"如果你宁愿要一头小羊羔，也许我们可以做一笔交易。我给你一天的时间考虑，如果你明天仍然愿意与我交换，我们就成交了。"

我看见祖父冲着妈妈眨眨眼睛，不过也许是我弄错了——祖父从来不对任何人眨眼睛。

祖父离开之后，妈妈问弟弟是否想要她为他读书上的故事。他在妈妈身边蜷缩着躺下，她为他读了很长时间。

他一直在看着那个婴儿。当妈妈去拿一片尿布的时候，她让他抱着他的小妹妹。妈妈回来时，弟弟正轻轻地抚摸着小婴儿那一头乌黑光滑的头发。他握着她的小手时，她则抓着他的手指。

"妈妈，瞧！她正抓着我的手呢！" "当然，她知道你是她的大哥哥。"妈妈微笑着。他把小婴儿又在怀里多抱了几分钟。当到了该就寝的时间，他似乎高兴一些了。祖父果然遵守诺言，在第二天晚上如约来到我们家，把我的弟弟喊到面前，对他说："噢，你决定用婴儿与我交换一头小羊羔了吗？"

我的弟弟似乎很吃惊，他没想到祖父仍然记得那个契约。"她现在值两头小羊羔了。"

祖父对这个违约的行为似乎感到吃惊。他说他必须仔细考虑一下，明天晚上会再来商讨这件事。

第二天是星期六，我和弟弟多半时间都待在家里，看婴儿洗澡，看她睡觉，抱她、逗她。那天，弟弟抱了她有三次之多。晚上，当祖父来看我们并且把他叫过去谈话的时候，他看起来忧心忡忡。

"你知道，我今天一整天都在考虑我们订下的那份有关用婴儿交换小羊羔的契约，你的要求实在太令人为难了。不过，我想那个婴儿也许值两头小羊羔。我想我们可以达成交易。"

弟弟稍稍犹豫了一下。"她现在又长了整整一天了，我想她值5头小羊羔了。"

祖父看起来很震惊，他慢慢地摇了摇头。

"我得回家去，把你的提议再认真地考虑考虑。也许，我还得与我的经纪人商量一下。"

过了一会儿，祖父离开了，弟弟似乎闷闷不乐。我想让他和我一起玩游戏,可他走进妈妈的房间,把那个婴儿在怀里抱了很长时间。

星期天,祖父在下午很早的时候就来了。他告诉我的弟弟,他来得有些早了,因为如果他要围捕 5 头小羊羔,而且还要为婴儿准备一个房间,那么他就必须早一点开始。

弟弟深吸了一口气,直视着祖父的眼睛,发表了一个声明:"这个婴儿现在值 50 头小羊羔!"

祖父不相信似地看着他,摇着头:

"恐怕我们得撕毁协议了。我不能用 50 头小羊羔去交换一个小婴儿。我想你只好自己保留她,并且帮父母照料她了。"

弟弟转过脸,我看见了他脸上轻松的笑容了。而同时,我确信自己真的看见了祖父在向妈妈眨眼睛。

不能替代的亲情

当我们读完了这个故事,就知道了原来用婴儿来交换小羊羔只是祖父的一个小小计策。他巧妙地让弟弟知道了那个婴儿小妹妹是多么可爱,是任何东西都不能替换的。从一头小羊羔到 50 头小羊羔,我们看到了妹妹在弟弟心中的分量日渐加深,当祖父说要撕毁那个协议时,弟弟终于露出了轻松的笑容,相信那句话是他听到的最好消息了,因为他从此不再担心会失去妹妹。

亲情是我们与生俱来就拥有的,但我们却很容易忽略它,甚至在有的时候会从内心去排斥它。其实,那些抵制的情绪都是由于我们的年少无知而产生的,只要我们能够用心去感受一下包围在我们身边的亲情,你就会发现,它有一种无形的力量把我们紧紧吸引,不论是用什么样的东西来交换,我们都不愿意失去它。

亲情会陪着我们走过很久的路,与兄弟姐妹嬉戏打闹其乐无比的日子会在我们的生命中快乐地蔓延。或许你曾经也为一个毫无准备就闯入你生活中的陌生的小生命而苦恼无比,觉得他无偿地占有

了爸妈对你的爱,占有了你原本宽敞的世界,但始终有一天你会明白,他是你的手足兄弟,你的生活会因为有他而发生更多的变化,比如多了快乐,多了关心,多了爱和牵挂……

让我们做一个充满爱心的人,爱我们的爸妈,爱我们的兄弟姐妹。

琳儿妹妹

木南

琳儿是个秀丽、聪慧过人的女孩，儿时就背诵李白、杜甫的名篇。我做作业时，琳儿就坐在对面，托着腮目不转睛地看我写字。

琳儿8岁了，看到小伙伴一个个都背上了花花绿绿的书包，她就晃着父亲的手，撅起小嘴说："爸爸，我要念书！"父亲和母亲苦笑着对视了一下就沉默了。父亲皱起眉头，蹲在地上大口大口地吸着旱烟，也许是呛了一下，他剧烈地咳嗽起来。对于体弱多病的父亲来说，他又能做什么呢？

每天一大早，父亲推上他那辆除了铃不响哪儿都响的三轮车，去收一些废铜烂铁、废旧书报什么的，然后拿到收购站去换那少得可怜的钱以补贴家用，苦苦支撑起这个五口之家。我渐渐到了上学的年龄，邻家同龄的伙伴都去了学校，而我只能倚着门框，望着他们披着朝露蹦蹦跳跳地去上学，又在斜阳下欢笑打闹着回来。父亲咬了咬牙，毅然决定送我去念书，我立即欢呼雀跃了，可年幼无知的我，又怎知这喜悦背后，父母付出了多少艰辛呢！

学校知道了我家的情况，决定给我减免部分学费，可倔强的父亲说什么也不同意。母亲和一家洗衣店联系，洗一桶衣物一元五角钱，母亲没日没夜地洗个不停，手泡得发白，又不知掉了多少层皮，可母亲仍忍着痛洗着……

如今，琳儿又要上学了。父亲埋头蹲在那里，半天不说一句话。第二天一早，从不喝酒的父亲喝了半斤高粱酒，摇摇晃晃地出了门，直到下午才脸色苍白地回来。他颤颤地从衣衫内的口袋里，摸出一

把汗水浸润的票子，拍了拍琳儿的头说："琳儿，明天和你哥一块念书去！"那天夜里我在父亲衣袋里发现了一张献血单。我哽咽了，用被子蒙住头努力不让自己发出声音。琳儿似乎察觉了什么，一夜辗转反侧不能安然入睡。

琳儿很懂事，学习特别用功。尽管回家还要做饭，收拾家务，但每学期她都能和我一样捧回一张鲜红的奖状，竞赛过后的光荣榜上也时常会有她的名字。这些都令父母由衷地感到欣慰，也算是抚平他们那饱经沧桑的心灵了吧！

琳儿很乖，很听话，也曾不止一次地对我说："我要上高中、大学，还要出国留学，学好多好多的知识，让爸妈过好日子！"

我说："琳儿有出息，一定会的，琳儿能行！"

琳儿念初三时，我考上了西安的一所重点大学。家里再也无法承受这样的沉重负担，琳儿被迫退学了。我出发那天，琳儿送我到站台，眼里噙着泪，幽幽地望着我："哥，你放心去吧，不要挂念家里，有我呢！"车缓缓驶出了站台，留下琳儿一个人站在风中，痴望着列车驶去，久久地，直到它消失在视野的尽头。

过度的操劳使父亲过早地衰老，而且越来越虚弱，母亲的双手也因过度摩擦和碱水腐蚀而满是溃疡的小点，不能再去洗了，生活重担大部分压在了琳儿稚嫩的肩上。琳儿经人介绍，到八里外的一处私人采石场帮工。琳儿每天天不亮就起床，做好早饭，带上一个瓷盆盛些稀饭，再掺进些咸菜、大葱什么的，当作中午的饭菜。采石场环境恶劣，到处飞扬着石屑、尘土，半天下来，一个人就成了中古时代的石膏像了。除了每天抡着大锤敲石块，有时还要将石料挑下山。一双原本柔嫩光滑的手，如今长满了厚厚的老茧。

你如何能相信这是一双属于16岁少女的手？琳儿腿上有道伤疤，那是一次挑石料时被石料绊了一下，膝盖重重地磕在石头上，而另一条腿却被一块尖利的石片划开了长长一条口子，鲜红的血汩

涌而出，周围的人用毛巾缠了几道才勉强止了血。倔强的琳儿没等伤愈，又回到了采石场。

再次准时收到琳儿寄来的生活费，我这堂堂七尺男儿不禁汗颜了。这是琳儿的血汗哪！琳儿来信说："哥哥，你安心读书吧，不用惦记家里，有我呢！我是不能实现儿时的梦想了。哥哥，你在大学一定要努力呀，争取考研究生，家里支持你！"

我正准备着大三年考时，母亲一病不起，犹如一支燃烧殆尽的蜡烛。弥留之际，母亲用她满是疤痕的手，紧紧握住琳儿满是茧子的手，琳儿俯身坐在母亲身边，将母亲一缕灰白的乱发拨在耳后，母亲干涩灰白的嘴唇颤抖着，却说不出一句话来。但我仍从母亲那双满是期盼的眼神中，明白了什么。

由于给母亲治病，原本贫困的家里又背上了沉重的债务。父亲身体越来越虚弱，再也无力支持我继续学习了，我只能做退学的最坏打算。就在我背上行囊，即将挥泪告别可爱的校园时，一个矮墩墩的、满脸胡须三旬开外的男人闯进了我的家，甩出厚厚的一沓票子，显而易见，他是来求亲的。琳儿呆呆地盯着桌上的票子愣了半天，才用极细微的声音说："让我想想吧！"

当夜，琳儿彻夜未眠，坐在窗前仰望天上一弯弦月，痴痴地，任凭那惨白的月光洒满身上。而父亲只是叹息着，眼里布满血丝。

不久我便收到了琳儿寄来的足够我念完全部课程的钱和一封厚厚的信，信中尽量委婉地讲了事情的经过，说了一大堆极尽安慰的话。尽管说得非常轻松，但我仍能感受到字里行间流露出的哀怨与无奈，我再也看不下去了，泪水止不住奔流而出。

呼呼的冷风夹着雪屑，荡涤着这个冬季的午后，我从遥远的西安回到家门前，甩了包冲进家里，一把抓住父亲干枯的手问道："琳儿呢？"

父亲略显红肿的眼转向我，没有父子久别重逢的喜悦，却多了

一丝暴风雨后的平静，他指了指门外："走了，刚走！"

门前满是爆竹黑红的皮和红绿的彩屑，被风吹着在南边的角落堆积，门外灰白的路无声地伸向远方。风中隐隐传来唢呐声和锣鼓的噪音，我看到琳儿正转过插着花饰的头，遥望着我，唇边带着凄婉的微笑，好像在说："哥哥，我走了，我是不得已的呀，可我别无选择。哥哥，我现在不是很好吗？再见了，亲爱的哥哥……"

"琳儿……"我发现我早已泪流满面。妹妹走了，去了她不想去的地方，为她的哥哥嫁给不想嫁的人。

门外，风萧萧，雪也萧萧，天地茫茫苍苍。"我要去找琳儿！"我大喊一声，推开大门，狂奔而去……

妹妹的付出

"不要记挂家里，有我呢"，这句话，出自一个花季般少女的嘴里，平添了几分酸涩和无奈。妹妹很懂事，小小的年纪便挑起了养家糊口和供哥哥上学的重担。虽然妹妹也爱读书，但在哥哥考上大学后，她却不得不辍学，照顾父母，还要打工为哥哥赚取学费。很难相信一个尚未成年的女孩是如何将这一切实现的，但她确实做到了，虽然付出了很大的代价，比如手上那难以消退的老茧，比如腿上那血流不止的伤口……

世界上总有这样的人，心甘情愿地为我们付出，我们在精心编织自己生活的时候，是否能够想到在背后默默为我们付出的亲人？是否能想到他们为我们吃了多少苦，受了多少罪？这样的付出，不是我们一句简单的谢谢就能回报的，有的时候，即使我们穷尽一生，也无法回报亲人那无怨无悔的付出。

或许我们无法体会到这样的幸福到底是一种什么样的滋味，但我们至少可以做到不要去忽视亲人为我们的付出。让我们做一个知道感恩的人吧，用我们的力量让他们以后的生活一天比一天幸福！

礼　物

·······························拖雷

　　自从母亲离开我们后，妹妹便在我的生活中充当了母亲的角色：按季替我购置衣物，每周一个问候电话，每月一次邮寄生活费、食品……在她看来，我这个二十七八岁、研究生快要毕业的兄长，从来没有离开过校园，不谙世事，是需要格外照顾的。妹妹固执地认为，在没了母亲后，她应该继承母亲那颗温厚之心，伴我走过人生的坎坎坷坷，使我任何时候都不缺少爱与关怀。

　　妹妹极希望我有一个女友，如常人般恋爱、结婚、生子。可我的爱情鸟至今尚未来到。妹妹在电话里不平又无奈地说："哥，你那么优秀，那么善良，为啥你身边的女孩子就看不出呢？我要不是你妹妹，一定会嫁给你的。"

　　我无言地手握话筒，眼里涌出了泪水，不是自怜，是感谢与感激。我在想，我能拿什么作为回报呢？妹妹是不需要回报的。她说过，只要我过得好就是她的幸福，也是九泉下母亲的幸福。我想，我只能以心怀感激、学业优异来回报关心我的亲人了。我向往博士、向往求学生涯的最后辉煌。

　　我憋足了劲，夜以继日地苦读，勤勤恳恳地写文章、发文章。终于在有一天，所里研究生部秘书告诉我，我提前攻读博士学位的申请已经批下来了，师从复旦大学三大杰出教授之一的章培恒先生研治中国文学。多年的梦想在刹那变成现实，第一个想告诉的人就是妹妹。正巧，妹妹的生日就是这一天，何不以此消息作为一份特

殊的礼物送给她呢？

在夜里 10 点钟我拨通了电话，向妹妹道了声生日快乐后便大声宣布："我要读博士了，导师很有名。"

妹妹在那边愣了一下，问："你要读博士？"

我告诉了她提前攻博的事，妹妹沉默了一会儿，说："哥，我真的不希望你再读下去了。"

"为什么？读博士不是很好吗？"我不解地问。

"你读博士会很清苦，很累，你身边没人陪，你会活得太寂寞。我马上就要结婚了，我不知道婚后还能不能像从前一样照顾你。"妹妹幽幽地说。

我的心颤抖起来。我一下明白妹妹谈了几年恋爱而迟迟不结婚的原因。上次电话里她说准备明年夏天结婚。明年夏天，如果不提前攻博，正是我研究生毕业。这些年，我不知不觉间拖累了妹妹，她却从来没在我面前说起自己的心思。

"我不需要照顾，我一个人能过得很好。"我说。

"你真想读？"妹妹问。

"想读。"我犹犹豫豫地答。

"那你就安心读吧！我暂时不结婚，等你博士毕业。"妹妹语气平静地说。

"你千万不要这样，你这样做会叫我一辈子不得安宁。别担心我，我能行。记住，你年纪不小了，抓住属于自己的机会。你要因为我不结婚，你就是糊涂虫，就是大傻瓜！再说一遍，不管别人，先管好自己。"我在电话里大吼大叫起来。

"你是我哥哥，我怎么忍心抛下你不管？我不能让你一个人心如飞蓬般地活在这个世界上。母亲知道了，她会在地下责怪我的。"

电话那边，妹妹已泣不成声。

深夜，泪水沿着鼻翼潸然滑落。我不知道，今夜，我给妹妹的

礼物是什么颜色；我也不知道，那个让我梦想多年、努力多年的愿望，我是否有勇气去实现它。

梦想实现的代价

哥哥本来是想把提前攻读博士的好消息当作生日礼物送给妹妹的，可听过妹妹的话他才知道，自己一味地追求梦想，而完全忽略了支撑起自己梦想的，有一大半是来自妹妹的力量。而妹妹，已经为他付出了太多，妈妈的离开，让妹妹担当起了照顾哥哥的角色，并且为他而一次次推迟了自己结婚的时间。

妹妹说，我怎么能忍心抛下你不管？是啊，这个世界上，除了父母，兄弟姐妹就是我们至亲至爱的人，他们随时都可以牺牲自己的幸福，来成全我们的梦想。

追逐梦想的道路很艰难，在很多时候，是亲情给了我们继续走下去的勇气，在我们动摇的时候，是亲情让我们坚定了信心。在离梦想越来越近的时候，我们有没有为亲人想过，想过他们无私的奉献，想过他们不用任何回报的付出？

纵然他们每一个人都说，我对你的付出是不需要你的回报的。但是我们是不是真的能够就此不再回报？一个真正有爱心的人是不会对亲人的关怀熟视无睹的，他一定会尽自己的力量去弥补，去给亲人带来更多的快乐和幸福。

梦想不可以轻易放弃，但当梦想的实现是建立在牺牲亲人幸福的基础之上时，我们是不是可以考虑一下实现梦想的方式？或许我们可以找到一种两全其美的办法，既可以圆自己的梦，也不会给亲人增加不必要的负担。心中能想着别人，才是一种真正的慈悲。

妹妹的信

刘贤冰

我和弟弟离家读书后，妹妹就是家里唯一的"文化人"了。母亲没读过书，父亲读的书不足以将一封信写完整。总之，我们与家里的通信联系全靠妹妹来执笔。

"文化人"是我们送给妹妹的称呼，其实她只读到小学三年级。她是自己主动弃学的。家里拿不出足够的学费，当时大概也就几块钱吧。老师说，再不交齐学费就不要读书啦！第二天，妹妹就把一张破桌子和一把断了腿的椅子搬回家了，结果挨了母亲一顿骂。母亲骂她时有这样的内容："今后连给你哥写封信都不会！"母亲骂过之后也没别的办法，她确实拿不出那几块钱的学费来。

妹妹赌气不上学时，确实没认识到"写封信都不会"的严重性。但她马上就认识到了。一个小学三年级没读完的农村女娃，要担负起与两个在外求学哥哥的通信任务。当然，她还得干活。她干完活后晚上伏在煤油灯下写信，像个被老师罚抄作业的学生——实际上，给两个哥哥写信，成了妹妹弃学后特殊的"家庭作业"。

这些情况是我收到妹妹第一封信后才知道的。这封信很短，有很多错别字，她陈述了不再上学的理由：我在家里帮忙做事你们会安心些。她说得不对，我们并不安心，而是更加愧疚。

记得那封信的结尾是这样的：今天就写到这里吧，我还要给小哥写一封信呢。

后来我发现，妹妹每封信的结尾都要写上这句话。后来我还知道，她写给弟弟的信的结尾是这样的："今天就写到这里，我还要给大哥写信呢！"回家后问她："你是不是每次要同时写两封信？"

她想也没想便说："不是啊，我写一封信要好久的。"

原来，她认为既然是一封信，就应该多写一点字，可又实在不知道说什么，便有这个"通用式"的结尾。她有两个哥哥，便想到用这个似乎是顺手拈来的句子凑字数。

母亲说，妹妹写信从不让人看。虽然家里谁也看不懂，但她还是把自己关在房间里认认真真地写，旁边摆上她三年级下学期发的课本——一副真正做学问的样子，所以后来我称她为家里的"文化人"。

信写完，也不读给父母听，只是说："都写上啦都写上啦！"母亲对她说："你不念，你哥还是要看的啊！"她说："看就看呗！"

我们放假回家，她便提前打招呼："不要笑话我写的信哦，不然我就不写了。"

我们还是要说："写得好写得好，错别字越来越少了。"

说真的，妹妹的信中，错别字的确是越来越少了。后来听说，她写信和发信也没原来那么害羞了。我们那儿发信，要走到十几里地的小镇上去发。她出去发信时，不再将信揣在口袋里，而是大大方方地拿在手上，遇到熟人问，她还要将它扬起来，自豪地宣称："给我哥发信去！"——在她看来，这确实是件值得骄傲的事。在我们那小村子里，只有妹妹能够说这样的话，因为她有两个哥哥上了大学。

弟弟考上大学后，家里更困难了。妹妹来信的内容也有了变化。这样的句子开始频频出现在妹妹的信中："哥，这次又让你失望了，家里还是没有钱寄给你，怕你着急，先写一封信给你……"在穷困中长大的孩子心是比较硬的，可每当看到妹妹的信，看到信中的这些句子，就忍不住要掉泪。

妹妹的来信虽然句子不太通顺，可我都能够读懂。但很长一段时间，我都没有考虑到我的回信妹妹能否读懂。我上小学时写字是

很规矩的，后来就越来越不规矩了。后来发现，我竟然一直在用那些龙飞凤舞的字，在对付一个小学三年级没上完的学生！直到妹妹来信说："哥，你写的字又有好多我不认识……"

此后，我给一些同学写信，怎么笔走龙蛇都没问题。但面对信笺，一旦记起是在给妹妹回信时，我马上就变成了一个端端正正的小学生……

一封家书

有一首古诗的其中两句是这样的："烽火连三月，家书抵万金。"说的是家信的珍贵。现在好像已经很少有人再写信了，但是我们又怎么能忘记收到信时那种欣喜的心情？

故事中的妹妹是一个小学三年级都没有读完的小女孩，因为家庭贫困，因为有两个上学的哥哥，所以她只能选择辍学，来维持哥哥的学业。写信是妹妹的"家庭作业"，尽管她只认识那么几个字，却把信写得异常认真，因为在她看来，这实在是一个光荣而伟大的"事业"。她自豪有两个上大学的哥哥，她去寄信的时候也扬眉吐气。

然而写信的快乐并不能代替生活的艰辛，所以妹妹经常会以抱歉的口气说出家里还是没能寄钱，仿佛一切的责任都是由她来背负的。哪一个哥哥看到这样的语句不会心酸不会流泪？本来是他们应承担起养家的责任，但却让一个过早辍学的妹妹独自默默地承担了。粗心的哥哥会忽略妹妹的感受，用龙飞凤舞的字来写回信，直到妹妹提醒他："哥，你写的字又有好多我不认识……"，这既是一种现实，更是一种悲哀的无奈。

在我们的周围，也有好多孩子因为各种原因而无法继续学业，当我们坐在宽敞明亮的教室里听课的时候，能否想到他们辍学的无奈和渴望读书的心情？好好珍惜吧，美好的生活并不是人人都能够拥有。

父亲的礼物

....连谏

父亲离开我们整整一个月后，我和妹妹去收拾他的房子。沙发旁依着父亲的拐杖，茶几上摆着他喝到半残的茶和没有写完的字帖，还有阳光普照的阳台上因为没人打理而奄奄一息的花草……触景伤情，我们站在客厅中央，哭了。面对父亲留下的痕迹，我们不知该从哪里下手。

父亲在遗嘱中把财产分配得很平均，把差不多和房子等价的存款留给了妹妹，把房子和房子内的一切留给了我。因为已离婚的我带着孩子与前夫割据一套房子很不方便。

我和妹妹边掉眼泪边分头收拾，我收拾完卧室，过去帮妹妹收拾书房。在书房门口，我看见妹妹蹲在地上翻一只箱子。听见脚步声，妹妹抬眼看我，眼神复杂，说不上来的一种隔阂感。妹妹把箱子大大地打开："爸爸有整整一箱子字画。"

父亲喜欢丹青，我们是知道的，却不知他什么时候收藏了这些字画，那些字画的宣纸有点泛黄，是年代久远的颜色。

忽然地，妹妹自语般问："怎么从来没听爸爸说起过这些字画呢？"她有些凶气，我听出来了，像父亲故意偏心留给我才不让她知道似的。我讷讷地解释："爸爸也没和我说过。"妹妹怏怏看着字画，一声不吭，脸色渐渐阴霾，因为父亲在遗嘱中说得明白，房子和房子里的东西归我。

我有点尴尬，不知怎么解释她才相信，毕竟按照遗嘱，画的受益人是我，只好继续收拾书房。过了一会儿，我听见妹妹走了，没跟我打招呼，看着被狠狠带上的门，我的心比被人狠狠抽了一下还难受。

母亲和父亲相继去世,我和妹妹应该是这个世界上最亲近的人,这一箱子画,像一条鸿沟隔开了我们。我知道妹妹在心里埋怨父亲偏心,也会埋怨我。

我坐在父亲的房子里哭。如果父亲地下有知,他一定宁可把这箱画扔了也不愿我们姐妹因它产生分歧,如果父亲忘记了这箱画,或者是真的偏心,我也会分给妹妹一半,绝对不会独占的。

第二天早晨,我送女儿去学校,刚锁好门,听见里面电话响,担心接了电话女儿会迟到,便没接。上班后,同事告诉我早晨有人打电话找我找疯了,我问是谁,同事说不知道,是个女的,听口气好像很生气。我想可能是妹妹,刚想给她打电话,她的电话就打过来了,开口第一句就是:"姐,早晨我给你打电话,为什么不接?"

我解释了一会儿,她没再说什么,犹犹豫豫着,好像有话不知该怎么说,我知道她想问画的事,我说:"是不是关于那些画?"

妹妹顿了一下:"是的,我觉得爸爸的遗嘱不公平。"

都在我意料中。"你想怎么处理?"

"我们平分。"妹妹说得干脆,我忍着快要掉下的眼泪说好。我伤心的不是要被分掉一半的画,而是妹妹的迫切。难道一箱子画,抵不过三十多年亲情的信任吗?

我告诉妹妹我要工作了,抽个时间,我们把那箱子画分了。听我要挂电话,妹妹急切地说:"姐姐,咱们请字画鉴定专家鉴定一下那些画的价值吧。不然,我们不懂也分不公平,还有,在分那些字画前,最好把那只箱子封上。"

妹妹一口气说了一大串话,好像担心被打断后便失去继续说下去的勇气。我边听边感受着心里的温度渐渐凉下去,"好吧,你愿意怎么做都可以。"挂了电话,我的眼泪哗啦哗啦地掉下来。

中午,妹妹在写字楼下打电话,约我去父亲的房子贴封条。封条是妹妹用电脑打出来的,上面签着她的名字按着她的指印,也给

我留出来一块空白，让我签名按指印。看她忙得一丝不苟，三十多年来，我第一次感觉她那么陌生，甚至不如一位普通街坊熟悉、亲切，因为我们曾经相亲相爱到没有缝隙。来到这个世界时，父母就送给我们一份最好的礼物：我们是亲人，用来相互关爱。所以，我们之间，从不在心里设防，不想伤害却突然间就来了，像一颗蛀牙，隐忍得让我痛彻心扉。

回公司的路上，我一直在哭，那条蛀虫一刻不停地啃噬着我们的亲情。之后的几天很平静，妹妹偶尔给我打电话，跟我说找字画鉴定专家的事，其他都不提，好像我们的关系就靠这箱子字画来维系了。

周五晚上，妹妹说她已经联系到字画鉴定专家吴先生，我们明天一起把画送过去。把字画抬到吴先生的工作室时，我真的希望这箱字画根本不曾存在过，我们多年的亲情，从发现它的那一刻起，就开始毁掉，它无情地掀开了人性中自私的一面：我们的亲情不过是建在沙滩上的一栋华美大厦，正在利益分配的冲刷下摇摇欲坠。

那些泛黄的画摆满了工作台，整整一个上午过去了，吴先生放下放大镜和手里的参照资料，告诉我们把画收起来。妹妹小心地问："能不能麻烦您大体说说每张字画的市场价值？"吴先生喝了一口茶水，笑着说："这些字画是临摹赝品，没有市场价值，不过，挂在客厅里做装饰倒不错。"

我的心，莫名其妙地松弛下来，好像终于澄清了自己并没和父亲事先商量好瞒着妹妹的事实。

妹妹一张张地翻那些画："怎么可能？"我拉了拉她的手，说我们走吧。

抬着字画回父亲的房子，妹妹的脸很红，有点惭愧的样子。在父亲的书房，我把字画分成平均的两份，给妹妹一份，她不要，我塞到她怀里，然后告诉她："这是父亲留给我们的礼物，他留给我们的爱都是一样的，留着做纪念吧。"

妹妹跟我说对不起时声音很小，我们拉着手，坐在父亲的房间里掉眼泪。我想，我们哭，跟知道这些字画值不值钱没关系，更大的伤心是：我们都看见了那颗生长在彼此心中的蛀牙，它伤害了我们多年相亲相爱的感情，而我们，不知怎样才能拔掉它。

我们都没再提起那些不快的往事，我们还有漫长的人生，可以相互扶持相互关爱，那颗蛀牙，总会被亲情软化，然后，被岁月掩埋。

因为，我们拥有世间最好的礼物：我们是亲人。

亲情和利益

亲情和利益在我们的心中到底哪个更重要？不同的人有不同的答案，故事中的两姐妹也给出了两种完全不同的答案。姐姐是个看重亲情的人，她宁可没有那一箱书画，也不想失去姐妹之间的亲情。而妹妹却更加看重那箱字画的金钱利益，她认为父亲偏心，她要和姐姐平分那些父亲的遗产。所幸的是，那些字画没有任何市场价值，而妹妹最后也终于在亲情和利益的较量中选择了前者。

万物皆有情，最真实的莫过于亲情。亲情是天性，是生命初始得到的最大财富。亲情无形，但却能让我们时时感受，一个电话、一声问候，甚至一句唠叨、一声责备，既没有豪言壮语，又没有深刻哲理，在平淡的话语中却显尽浓浓亲情。亲情无处不在，它体现在我们孤立无助时，常常想起的父母身影中，体现在我们对儿时和姐妹玩耍的快乐回忆中，体现在兄弟间叽叽喳喳的吵闹中……亲情如水，虽然没有茶的清爽，也没有酒的醇香，但却被我们视为生命之源。安逸中的一杯水是我们的生理补充，沙漠求生时的一杯水，却是我们生命的保障。处境越困难，亲情越能显示出它的珍贵和伟大。

诚然，现实中的确存在着因金钱和利益所带来的父子纷争、兄弟反目等亲情没落的事实，但我们不要否认亲情的纯洁，这些反而更能让我们懂得对亲情的珍惜和呵护。

隔代之情

人生的两个机会

································李智红

美国加州有位刚毕业的大学生，在 2003 年的冬季大征兵中，他依法被征，即将到最艰苦也是最危险的海军陆战队去服役。

这位年轻人自从获悉自己被海军陆战队选中的消息后，便显得忧心忡忡。在加州大学任教的祖父见到孙子一副魂不守舍的模样，便开导他说："孩子啊，这没什么好担心的。到了海军陆战队，你将会有两个机会，一个是留在内勤部门，一个是分配到外勤部门。如果你分配到了内勤部门，就完全用不着去担惊受怕了。"

年轻人问爷爷："那要是我被分配到了外勤部门呢？"

爷爷说："那同样会有两个机会，一个是留在美国本土，另一个是分配到国外的军事基地。如果你被分配在美国本土，那又有什么好担心的。"

年轻人问："那么，若是被分配到了国外的基地呢？"

爷爷说："那也还有两个机会，一个是被分配到和平而友善的国家，另一个是被分配到维和地区。如果把你分配到和平友善的国家，那也是件值得庆幸的好事。"

年轻人问："爷爷，那要是我不幸被分配到维和地区呢？"

爷爷说："那同样还有两个机会，一个是安全归来，另一个是不幸负伤。如果你能够安全归来，那担心岂不多余？"

年轻人问："那要是不幸负伤了呢？"

爷爷说："你同样拥有两个机会，一个是依然能够保全性命，另一个是完全救治无效。如果尚能保全性命，还担心它干什么呢。"

年轻人再问："那要是完全救治无效怎么办？"

爷爷说："还是有两个机会，一个是作为敢于冲锋陷阵的国家英雄而死，一个是唯唯诺诺躲在后面却不幸遇难。你当然会选择前者，既然会成为英雄，有什么好担心的。"

是啊，无论人生遇到什么样的际遇，都会有两个机会。一个是好机会，一个是坏机会。好机会中，藏匿着坏机会，而坏机会中，又隐含着好机会。关键是我们以什么样的眼光，什么样的心态，什么样的视角去对待它。

如果用乐观旷达、积极向上的心态去看待，那么坏机会也会成为好机会；如果用消极颓废、悲观沮丧的心态去对待，那么，好机会也会被看成是坏机会。人生的际遇中，始终存在着两个机会。对那些乐观旷达、心态积极的人而言，两个都是好机会；对那些悲观沮丧、心态消极的人而言，则两个都是坏机会。

祖父的教诲

故事中祖孙两人的对话很精彩，不管年轻人说出什么样的忧虑，爷爷都给他说出两个机会，一个好的机会，一个坏的机会。爷爷用一份爱为孙子撑起了一片充满希望的天空，通过爷爷的教诲，年轻人得到了许多人生哲理，特别是明白了一个乐观的心态对人的重要性。

一个积极乐观的人，他们所拥有的生活的确是充满情趣、充满阳光的，这样的人，能够很快适应一个陌生的环境，能够泰然自若地处理各种突发情况，而且对事情的料理也是有条不紊的。积极乐观的心态可以激发和调动生命中强大的能量和信息，并且推动着事物不断地向着更美好的方向发展。美好的前景离不开积极乐观的心态，这样的心态可以给我们以信心和希望。曾看到过这样一个小故

事，说两个人从监狱的窗户里往外看，一个人看到了泥泞的土地，另一个人看到了闪烁的星空。不同的心态，即使处于相同的环境中，依然会产生两种完全不同的效果。

用一个积极乐观的心态去面对生活中的挫折吧，即使这次考试成绩不理想，但并不代表我们永远都无法得到满分；即使我们失去了心爱的玩具，但并不代表我们从此以后与快乐无缘⋯⋯

积极乐观的心态可以让我们彻底告别和抛弃一切不利于健康成长的因素，可以让我们发自内心地展现生命的阳光和活力。当我们拥有了它，便等于从此踏上了通向成功的道路。

牵 挂

国风

人到了中年就爱做梦，常常梦见过去的人和事，尤其是童年的事，我近来就常常梦见我的曾祖父。

我们那地方把曾祖父叫太爷。我们的家，是一个大家庭，方圆几十里，上千户人家都是一个姓，曾出过好几个进士，太爷20岁就成了秀才，他是清朝的最后一科秀才，也是我们这个家庭的最后一个秀才。

对太爷最早的记忆可以追溯到我3岁的时候，那时他已经70多岁了，在我的记忆中他是一个高个、清瘦、穿一身灰色棉袍、拖一条长辫子、白须飘然的威严长者。家里的人，包括爷爷都非常怕他，村里的大人小孩也都怕他。看见他走过来，都一哄而散，躲得远远地瞧着他，而他总是若无其事，不紧不慢地走他的路，对周围的事连看也不看一眼。太爷既是村里的长者，也是村里的智者，有什么大事，人们都要请他指点。谁家闹家务，也请他去断公平。而经他裁决的事，大家都很服气。

我们那个地方自然条件很差，素有"陇中苦瘠，甲于天下"之称。人厚道、朴实，在外面的信誉很好，和人打交道人家觉得可靠。我们那地方的人还有两个爱好：一是爱干净。穷归穷，但家家都收拾得窗明几净，人出门也是利利索索，每天早晨一起来，每家人都先忙着打扫卫生，房前屋后，里里外外，都收拾得整整齐齐，如果谁家脏和乱，就不敢接待客人，让客人看见了，就感到是一件丢脸的

事。第二是崇尚文化。家家都重视让孩子读书，学有所成。谁家如果祖上出举人、秀才，认为是很光荣的事，谁家的孩子如果考上大学，或者上研究生、博士，父母亲就感到非常自豪，到处夸耀，比赚多少钱看得重要多了。村里人谁有学问，谁字写得好，是非常受人尊重的。每年过春节，家家都写春联，贴对联，而且互相登门串户，看谁家的对联写得好，字写得好。我们家就有一副对联，上联是"地瘦多栽树"，下联是"家贫勤读书"。据说是乾隆爷的御笔，也成了我们的"族训"。这副对联由太爷亲自保管着，只有在每年全族人祭祖时在祠堂里摆一会儿。村里人都爱听太爷讲故事，当然只有少数在村里有名望的人才能听到他讲。据说有一次，太爷讲了三天三夜还没有把带木字旁的字讲完，由此便得了"木头圣人"的称谓。

北方乡间流行着一个习俗，孩子满一岁时要过"周岁"，这天有一个仪式，就是端一个盘子，里面放着刀、笔、锄、秤等小模型让孩子抓，抓到什么就预示着孩子在那方面有灵性，将来就可能是干什么的。我作为长孙，当然也经历了这场预测。据妈妈说，盘子摆到我面前时，我一眼就盯着笔不放，当然就抓了笔，这着实令全家人高兴了一番，太爷说这孩子"性灵"，是个读书人。

自然，我的第一个启蒙老师就是太爷了。4岁时，太爷就开始在堂屋里给我上课，5岁开始背《千家诗》、《唐诗三百首》，到7岁上小学时，我已经能背好多古诗文，能一字不漏地背下《滕王阁序》和二百多行的《离骚》，可以看竖版繁体字的古典小说了。太爷教书的办法很特别，他不给你讲意思，也不给你看书，只是让你背，他背一句，你背一句，然后两句三句四句这样连着背，整篇背下来后，他才给你书，让你认字，然后又默写。太爷有一句名言，就是："书读百遍，其义自见。"上学后，背课文对我来说简直是易如反掌。老师和同学们都佩服我的记忆力，殊不知，我是从四岁就开始修炼才有的这身功夫，这应该是太爷的功劳。

　　奇怪的是，上小学后太爷再也不教我学习古文了，也从来不过问我的功课怎样。但由于他对我的启蒙教育，使我打下了坚实的基础，也培养了我读书的兴趣。我的功课成绩一直很好，每次期末考试以后，妈妈都让我拿着成绩单给太爷看，太爷每次都看得很仔细，看了一遍过一会儿再看，但他从来没有说过一句表扬我的话，只是让我吃饭时坐在他身边。我看得出来，他心里是高兴的。

　　由于爸爸、妈妈在省城做事，上中学时，我便随他们到城里读书，从此，就很少见到太爷了。城里离老家很远，来回要花很多钱，所以我很少回家，直到我要上大学的那个暑假，才得以回去看看他老人家，这已经是四年以后的事了。我给太爷带了龙井茶和绿豆糕。太爷见到我，拉着我的手，微微地含笑，嘴里还是喃喃地说着那句老话："平平（我的乳名）性灵，是个读书人。"这时太爷已经不能下床，只能倚着被子坐会儿，他让我从他的书柜里拿出一个小布包，他亲手抖抖索索地打开，把里面仅有的100元钱和50斤粮票递到我的手里。望着太爷饱经沧桑的神态，我的心里一阵酸楚。太爷近来常常神志不清，恐怕是不久就要走了。

　　两年后，我已经是大学二年级的学生了。一天，爸爸来到学校说爷爷捎话来，太爷病危，恐怕没有几天时间了。第二天，爸爸就回了老家。那几天，我每天心里都忐忑不安，夜夜做梦，梦见太爷威严的眼神，梦见太爷给我上课的情景，梦见他在喊着我的名字……有时半夜惊醒，不禁汗涔涔而泪潸潸。噩耗终于未能幸免。一个星期后，爸爸从老家回来告诉了太爷去世的消息。爸爸说，太爷去世前精神很好，太爷临走时的最后一句话念叨我，说我还有几年就该娶媳妇了。世上最真诚的爱莫过于心的牵挂，我第一次当着父亲的面放声大哭。

　　太爷是前清的最后一科秀才，享年88岁。

要记得，要感恩

太爷是个德高望重的人，在"我"的童年记忆里，他很严肃，也很威风。在太爷严厉的爱的管教之下，小小年纪的"我"便能很流利地背很长很枯燥的古文，对于一个还未上学的孩子来说，这真是一项了不起的功夫。儿时的教育为"我"以后的学习打下了良好扎实的基础，"我"学习成绩的优秀，太爷可以说功不可没。

虽然太爷很威严，但是他从心里还是很喜欢会读书的"我"的。久别之后的再见，太爷将他全部的储蓄都拿出来给了"我"，虽然那只是很少很少的一笔钱，但足以证明太爷对"我"的关心和牵挂，太爷临走时对"我"的念叨则更说明了一个长辈对晚辈的惦念。和父母以及兄弟姐妹之间的亲情相比，这种隔代深情更能打动我们的心，隔着久远的历史沧桑，两颗心却依然可以相互牵挂，是多么的难得。

尽管太爷已经离开了这个世界，可"我"对太爷的思念却从未停止过，这种不曾断绝的思念很让我们感动。在生活中，对故人的思念通常会被我们忽略，因为在时间的流逝中，我们会不知不觉忘记好多事情，甚至连给了我们最美好的童年记忆的亲人，也会渐渐模糊。有些记忆不该忘记，有些人不能忘记，比如给过我们关爱的人，给过我们帮助的人，将我们抚养长大的人，在危难之际和我们紧紧站在一起的人……

只有记得，我们才能不忘感恩。

艾伦的信条

....冯俊杰

艾伦 9 岁的时候，在南达科他州祖父的农场里，开始他的第一份工作——赤手去捡牧场上的牛粪饼！一般的孩子都不愿意做，艾伦做得好极了，即使这看上去实在不算好工作，但他很认真地在做。

一段时间后，艾伦的祖母开着福特车来学校接他，并告诉他说："艾伦啊，祖父就要把你想要的新工作给你了。你将拥有自己的马匹去放牧，因为去年夏天你捡牛粪时表现得极其出色。"这样，他在工作岗位上得到提升，他很开心。一个小小的信念也在他的脑海中生根发芽了。

后来，艾伦成为南达科他州一名每星期挣 1 个美元的肉铺帮工，这份工作仍然恶心，但是他的原则很简单，先做好，肯定会得到提升的，这样就能够摆脱掉这份工作了。果然，他成了每星期 50 美元的美联社记者，那信条他一以贯之。很多年过去，最后，他成了年薪 150 多万美元的首席执行官。

艾伦·纽哈斯现在是全美国受人模仿最多、阅读面最广的报纸《今日美国》的头儿。回想起童年的生涯，他只感叹了一句：如果你干的是一件恶心的活儿，如果认真干下去，而且尽量干好，你八成会得到提升，再不用干那样的活儿，这比当个无用的人胡混下去强多了。

认真做好每一件事

艾伦·纽哈斯之所以成功，和他祖父和祖母当初对他的教育是分不开的。假如没有祖父的帮助，没有祖母对他的表扬和鼓励，他也不一定小小年纪就懂得了一个如此深刻的道理：只要做得出色，就会取得成就！而这个人生信条，最终支撑他走到了一个辉煌的顶端。

俗话说，人生无小事。我们所做的每一件事，实际上都是对自身修养、品行、学识进行的一次修炼。千万不要因为是小事就去轻视它，轻易放弃将使我们失去一次修炼的好机会，减少一次提高自身的可能。

无独有偶，类似的故事还有许多。美国前国务卿鲍威尔是牙买加人，他的第一份工作是在一家大公司当清洁工，因为牙买加人在这种公司里唯一可以做的工作就是清洁工。但是鲍威尔并不马虎了事，他很用心地做每一件事，没过多久，他就想到了一种拖地板的姿势，既能把地板拖得又快又好，人还不容易累。他的这种姿势很偶然地被老板发现了，老板注意观察了一段时间后，断定他是个人才，并且很快就破例对他进行了一次提升。这就是鲍威尔人生的第一个经验："认真地做好每一件事。"

这个道理说起来很简单，因为机遇总是不知不觉地出现在你面前，或许有的时候我们甚至一辈子也不知道到底哪件事才是我们成功的机遇。所以，我们必须从小事做起，认真地做好每一件事。只有这样，才能一步步走向成功。

留在我记忆深处的一件事

…………………………………………………陈家颖

人的记忆力是有限的，只会记深刻的事，就算你想尽力地抹去。

蝉儿彻夜不眠地在夏日的深夜鸣叫，使我心里烦躁，但我又不可咒骂那些蝉儿呀，毕竟蝉声是爷爷最爱听的，爷爷还说这是一个天然的交响乐团呢。

爷爷就总是那么多愁善感，单是大自然的景物，就可令他创作无数的诗歌，他的抱负和情感，总是那么远大和丰富。只可惜，我还未来得及去了解爷爷的时候，他却悄悄地走了。

还记得小时候，爸妈都要外出工作，爷爷就帮忙打理家里细务，以及照顾我这顽皮的孙女。我是独生女，亦是爸妈的掌上明珠，性格当然既任性又自私，但爷爷总是对我百般迁就。

小时候，爷爷每天都带我回学校，他替我背书包、拿着水壶，蹒跚地走着。而我就总是蹦蹦跳跳地走在前面，不时转身大叫："爷爷走得太慢了！真没用！"当时，我只是抱闹着玩的心态去说，现在回想起来，却不知这是否会对他造成伤害。

虽然我心里也是爱爷爷的，但就总觉得他叫人烦恼，非常拘束一些小事情，如多带一件衣服、多喝点水等，又不明白他那抽象的思想观念，因此经常以一种幼稚、可笑的态度去对待爷爷。

爷爷替我背着沉重书包的日子快有六年的时候，他突然要把这个重重的"负担"转交回我了。

"颖，你今天自行回校吧，爷爷身体不适。"爸爸叮嘱我说。

"怎么了？书包很沉重呀，我背不起来！"

爷爷听到后心都融化了，想与我一起上学，但却被妈妈阻止了。

那天，我独个儿走着，路也倍感漫长。

好不容易才背着沉重的书包回到家门，想大力掷下以泄愤之际，谁知打开家门后就见妈妈红肿双眼，说爷爷进了医院，要和我赶去探望他。

爷爷卧在病床上，面色苍白，见到我的时候，就强颜一笑。我问爷爷明天可否与我一起上学，因为书包实在太沉重。一向对我千依百顺的爷爷竟拒绝了，并气若净丝地说："书包并不算重，有更多无形的东西比它更沉重，而且将会扛在你的肩上。"

我心想，爷爷又来那一套了，对一个小孩子，不用装得那样深不可测吧！

医生对妈妈静悄悄地说了几句，妈妈的面色更难看……

在那段日子里，我每天下课后都和妈妈到医院探望爷爷，爷爷的精神一天比一天差了，我心里并不知是何事，只觉得爷爷实在太没用了！

爷爷住进医院里一个多月了，但仍没康复，在那一晚的深夜里，爸妈把我叫醒了，我想知何谓"不行了"，但稍后却很后悔明白此词之意太晚了。

我们到了病房，医生就让我们看看爷爷，他大概已熟睡了吧，爸妈只管哭着。看着爷爷被送进急诊室，我觉得医生们太可恶了。我还没有叫醒爷爷，与他说一两句话，问他明天可否与我一起回校，并向他询问李白是什么人呀，这叫我第二天回校怎样回答老师的问题？

爸爸终于向我说清楚了，他说爷爷现在有八成血管都闭塞，要施手术，让血管流通。我感到非常雀跃，心想爷爷很快便可以从漆

黑的房间走出来了！

我们在急诊室外默默地为爷爷祷告，求神保佑，但当我听到妈妈说什么"若爷爷回到你的怀里会更舒服的话，就按照你的旨意去行"一句时，就立刻反驳，要爷爷留在我的身边，永远陪着我。

我睡着了，时间像是流逝得很慢，为什么人们会说光阴似箭呢？我被拍醒的时候，看到医生对我们摇摇头。我顿时明白了，大家的伤感之情不言而喻，都以哭声和泪水吐露出来了。

医生说爷爷留下了一点东西，那只是一张写了寥寥数字的纸条，是写给我的：

颖：

回校的路不算长，载满知识的书包不算重。对不起，你今后要独力承担了……

爷爷字

我越是长大，就越对这些字句有更深的体会。爷爷啊！你会宽恕我年幼无知的态度吗？我终于明白何谓"子欲养而亲不在"了！

把这件伤心的事放在脑海深处吧，我不想常常回忆。但又未能忘记。

我逃离紊乱的思绪了，周围又蝉声四起，我发觉自己开始喜欢蝉鸣了……

有些东西，需要独力承担

爷爷走了，但把他的爱和鼓励都留给了小孙女，虽然小孙女似乎还年纪太小，她远远不能够理解"独力承担"的真正含义，但迟早有一天，她会明白爷爷的一番苦心的。

有些人，注定只能陪我们走过生命路程的一段，剩下的路，需要我们自己来走，而未来所面临的一切未知，也需要我们独自去面对，去承担。我们要学会独立，学会依靠自己的力量前行，把长辈的嘱

托记在心里便好，因为有些事，是别人无法代替的，只能我们独力承担。

　　非常聪明的犹太人相信这样的原则："凡是自己所能做的事情，都要自己动手去做，绝不可以求神帮忙。"在遇到困难的时候，犹太人所秉持的原则是："要承受发生的事情，要忍耐贫穷带来的变故。"

　　我们的一生不可能一帆风顺，总有许多困难令我们无所适从。这个时候我们所希望得到的，总是非常遥远，而我们希望远离的，却总是如影随形地不离左右。当我们面对挫折的时候，也许会希望依靠别人的力量获得一些帮助，甚至我们会觉得自己别无他法，只能依靠别人。可是，我们依靠别人所换取的，却往往是一个令人失望的结果。所以，当我们希望依靠别人的时候，其实真正能够依靠的只有你自己。我们必须要记住：无论什么时候，也无论处于什么状况之下，只有自己才是最可靠的。有些东西，注定需要我们独力承担！

沉睡的大拇指

···················威尔逊 著

爷爷去世时，大拇指依然藏在掌心里。这就是说，爷爷右手的大拇指已整整蜷曲了 16 年。开始的前 5 年，它是刻意蜷曲的，在余下的 11 年里，它却无法恢复原先的模样。

从盖尔出生的那天起，他的爸爸妈妈就开始为他担心了，因为盖尔左手的尾指旁边长了根小小的第六指。

转眼间，盖尔已经 3 岁，父母把他送进了幼儿园。可上幼儿园的第一天，他回家后便眼泪汪汪地问爸妈和爷爷："为什么我比其他小朋友多了一根指头？迪克说我是怪物。"大家都沉默了。是啊，随着年龄的增长，盖尔的第六根指头也长大了许多，看上去有点碍眼。此时此刻，爷爷陷入了沉思，盖尔是那样的聪明可爱、乖巧伶俐，他的伤心和自卑令爷爷感到不安。突然，他的目光掠过钢琴架上的雕塑。那是一尊泥塑手雕，大拇指用力地压在掌心里。爷爷像发现珍宝似的，会心一笑，把盖尔抱放在自己的膝盖上。

"宝贝，你看爷爷右手的大拇指，它是个小懒虫，从你出生的那天起，它就开始睡觉了，到现在都不肯起来。"爷爷边说边伸出右手，把大拇指蜷在掌心，然后让掌心朝上，当两只手合在一起的时候，正好 10 个手指，不多也不少。"我知道了，您的大拇指偷懒不听话，所以，我就替您长了一根手指，是这样的吧，爷爷？"天真的盖尔开心地笑了，充满了自豪。小小的他觉得，这第六根手指担负着重大的责任，它是来帮助爷爷的。

187

爷爷迅速把这件事告诉了家人和朋友，还请盖尔的老师在班上告诉其他小朋友，盖尔帮爷爷长了一根大拇指。小朋友们非但不再嘲笑盖尔了，还佩服盖尔小小年纪就能帮助大人。

自从和盖尔说过沉睡的大拇指的事后，只要见到盖尔，爷爷右手的大拇指就会条件反射地蜷进掌心。时间稍长一些，右手的大拇指就麻麻地疼，得用左手帮忙才能慢慢地舒展开。久而久之，爷爷习惯成自然，时刻把右手大拇指蜷起来，也习惯了用4根指头吃饭、做事。不熟悉的人还真以为爷爷的手原本就是那样的。而盖尔呢，自从听了爷爷的故事后，对第六指便特别关心爱护，冬天的时候，还特意涂上一层厚厚的防裂霜，他觉得这是爱爷爷的一种表现。

一次，当爸爸妈妈把盖尔带到医院说可以切除第六指时，盖尔大声抗议："这是我帮爷爷长的手指，怎么可以切除呢？除非爷爷的大拇指睡醒起来了。"可是，爷爷的大拇指5年来一直习惯蜷曲在掌心里，它已经变形萎缩，完全失去了最初的力度，重新扳直已不可能，却使盖尔度过了幸福快乐的童年。爷爷如此，已经非常满足了。

当爷爷知道盖尔拒绝切除第六指的原因后，一股暖流涌上心头。他找来纱布，把大拇指裹住，然后告诉盖尔，他已经动了手术，手指马上就可以伸直了，盖尔的第六指已经完成了历史使命。盖尔听话地随父母去了医院，手术很成功，而爷爷的大拇指虽然用纱布缠了很久，但始终无法伸展。

爷爷去世后，父母将大拇指的真相告诉了盖尔。那一刻，盖尔受到前所未有的震撼，因为沉睡的大拇指给了他完整的人生，还真真切切地告诉了他什么叫亲情。

掌心里的爱

　　盖尔能有这样一个爷爷，真是让人好羡慕。为了重新让他无忧无虑地生活，爷爷为他编织了一个美丽的谎言，从此他奇怪的手指头再也不会遭到大家的取笑，因为小朋友们都知道那根多余的指头是替爷爷长的。

　　这个美丽的故事深深地打动了我们，也让我们想起了另外一个类似的故事。一个小男孩的背上长了个罗锅，幼儿园的小朋友都很好奇，而且说他是个怪人，只有一个小女孩很开心地问他：“你的背上长了一个盒子，是不是用来装翅膀的啊？天使的翅膀是不是就装在这样的盒子里？”听了这样的话，小男孩高兴极了，他再也不为背上的罗锅发愁，因为那是一个用来装天使翅膀的盒子！

　　其实生活中令我们感动的，很多都是这些既美丽又理想的故事。让我们的心里充满更多暖暖的阳光和对生活的渴望。

　　故事中的爷爷为盖尔把一个本来很正常的手指蜷缩到掌心里，要忍受很多痛苦，然而爷爷却做到了。使爷爷这样做的动力就是心中那份对孙儿的疼爱，是爷爷藏在掌心里的爱让盖尔的童年不再有伤心和自卑，相反还充满了自豪。

　　为了我们的健康成长，我们的亲人付出了很多，让我们把这些爱记在心里，做一个充满爱心的人，用来回报这些温暖的爱。

大 猩 猩

刘心武

街角新开了个精品店，敞开的门面里花花绿绿，银光闪闪。风吹过，挂在街柜台上的风铃发出阵阵叮咚的响声。

其实那店里卖的东西也并非都那么精。比如就有一只比五岁的儿童还粗壮的玩具大猩猩，被当作商店的招幌，天天挂在外面。那大猩猩用褐色的粗呢料缝制，眼睛鼻子嘴巴脚爪镶着些黑色的人造革，造型略微夸张而颇滑稽。

奶奶总带着妮妮路过那个精品店，妮妮眼珠子总往店里头转，奶奶却总没带她进那店里去过。

妮妮四岁多了。妮妮懂事。妮妮知道自己为什么进不成托儿所而只好到奶奶这儿来跟奶奶过，妮妮的爸爸妈妈都是普通的办事员。他们办的事却又跟普通人的生活无关。所以爸爸妈妈工资少而那种叫作"外快"的东西又飞不来。所以爸爸妈妈没法子赞助托儿所一匹摇马，所以爸爸妈妈就把她送到奶奶这儿来了。奶奶其实比幼儿园的阿姨还会讲故事，还能教妮妮用碎布头纸盒子塑料瓶自己制作好多好多的玩具。妮妮相信奶奶的话，那家精品店不是小孩子和老头儿老太太买东西的地方。可是路过那家精品店时妮妮总望着那只大猩猩。回到家她就要奶奶给她讲大猩猩的故事。奶奶就编了好多故事讲给她听。跟她一起包饺子的时候就讲大猩猩贪吃饺子肚子痛结果生病住到月亮医院的故事，哄她睡觉的时候就讲大猩猩光贪玩不睡觉结果掉进井里让青蛙欺侮的故事……末了她总问："大猩猩

疼不疼呢？"奶奶就总说大猩猩不贪吃不贪玩很听话很乖怎么还会疼呢？可是妮妮的表情总不大容易松弛开来。奶奶也没在意。

有一天奶奶突然宣布："妮妮，奶奶发了点财，奶奶能给你买玩具了，你想买个什么呢？"原来奶奶的退休金根据一个什么文件的精神每月增加了五块，而且补发了半年的，所以那个月一下子多出了三十五块来，奶奶愿意把那都用来给妮妮买玩具。

本来就是到百货公司去买，可是路过那个街角时，妮妮像粘在了那儿，拎扯不动了。奶奶想了想，也就带她去那店里了。

店里有位描眉的小姐，正用美丽的包装纸给一位先生包一样小摆设，她见奶奶牵着妮妮进来了，忙满脸堆笑地招呼："买点好玩的吗？我们这儿有好多的玩偶哩！有刚进的蓝精灵，也有一点儿也没坏只因为摆得久点削价一半的椰菜娃娃……"

奶奶就问妮妮："你喜欢哪一样呢？"

妮妮望望蓝精灵，望望椰菜娃娃，望望沙皮狗和绿鳄鱼，望望这个望望那个，最后却不再在店里望，而是跑到店门外，望着那个大猩猩。

描眉的小姐送走了那位先生，笑吟吟地跟着妮妮和奶奶，对奶奶说："原来小妹妹喜欢这个大猩猩，这大猩猩反正也挂旧了，我就贱卖了吧——原价二百元，我一百二就卖，一百二，等于白送啊……买吗？买我就把它放下来……"

妮妮不等奶奶表态便跳着脚拍手嚷："放下来放下来！快点放下来！"

奶奶慌了，忍不住拍了妮妮一下："别呀别呀……"奶奶兜里只有四十块钱，只打算花三十五块钱买玩具，一百二！奶奶想也不敢想，这孩子也真太贪心了！

奶奶牵着妮妮，硬把她往回家的路上拉。妮妮不甘心，还拼命扭回头去望那大猩猩。描眉小姐站在大猩猩身旁撇嘴。

妮妮大哭。奶奶急了。奶奶绷着脸问："你怎么了？你变得不是妮妮了。我不认得你了！"

妮妮抽抽噎噎。

奶奶问："那大猩猩有什么好？那么贵！你干吗非要那大猩猩？"

妮妮抽抽噎噎地说。说得好认真。说得好吃力。

奶奶忽然听明白了。

妮妮是说，那大猩猩的两只胳膊，总那么给捆起来，吊着，大猩猩一定很疼很疼，大猩猩哪天才能不吊着，给放下来呢？咱们买下它，让它跟咱们回家吧！

奶奶听明白了以后，就蹲下来，一把搂住了妮妮，搂得紧紧的。

奶奶用自己起皱的脸，紧贴着妮妮湿漉漉的小脸蛋。

奶奶在心里责备自己，怎么天天走过来走过去的，也总瞧见那大猩猩，就没心疼过它呢？就因为那是个假的吗？

……奶奶带妮妮回到家，用大钥匙打开柜子，用小钥匙打开柜里抽屉，用双手取出个旧的手提包，打开它，从里头取出个手绢包，打开手绢包，从里头数出了好多张大票子……然后奶奶又带着妮妮到了那街角的精品店，用一百二十块钱买下了那个大猩猩，妮妮简直抱不住它，说实在的奶奶抱着也吃力。

奶奶对收了钱还在吃惊的描眉小姐说："以后，任凭什么样的玩偶只要是模仿生命的，你就别再把它们捆着吊着，别让它们痛苦！"

描眉小姐开始有点莫名其妙，心想我要不捆着吊着那大猩猩你还舍不得买它哩！可当那一老一小互相帮助着抱走大猩猩以后，她一边抠着指甲上的蔻丹，一边也浮出个淡淡的念头：是呀，捆着吊着，究竟不好看，怎么以前就没感觉出来呢？

为大猩猩松绑

读过这篇文章，几乎要沉睡的童心又被唤醒了，眼前似乎出现了那个被捆着的玩具大猩猩，旁边是一个小女孩挂着泪珠的小脸。小女孩的内心是多么纯净啊，她日夜担心那个大猩猩疼不疼，而不去在乎由于每天的风吹日晒，那早已是一个不再崭新的玩具了。

我们不得不承认，这个世界被蒙上了太多的尘埃，我们的内心也渐渐失去了昔日的澄澈透亮，虽然我们依然会在妈妈的怀里听她讲好多的童话故事，总是天真地期待有一天能够认识美丽的小仙女，或者满心地期待着能有一个机器猫陪在身边……不管世事如何变迁，只要还拥有一颗童心，我们看世界的角度就会依然独特，我们的世界就会依然清澈。

假如看到这个玩具的人是你，你会想到为它松绑吗？你还拥有一颗纯真的童心吗？看过一个这样的故事，妈妈为四岁的女儿讲《龟兔赛跑》的故事，完了告诉女儿，小兔子太骄傲了，我们要向小乌龟学习……女儿说，可是小乌龟不诚实，它为什么不把小兔子叫醒呢？每一次听"龟兔赛跑"的故事，我们都会想到骄傲使人落后，但却几乎从没想到过诚实。一颗童心，可以看到被我们忽略的一些道理。

为大猩猩松绑，其实也是为我们日渐被世俗捆缚的心灵松绑，只有拥有一颗纯洁的童心，我们才能发现更多的美好。保护好你的童心，不要将它轻易丢弃。

奶奶的账本

袁凤华

今年的元旦，我毅然丢开了冗杂的公务，回到了乡下。因为我决意要看望一下奶奶。年前，奶奶中风偏瘫，平日不敢出去活动，在低矮的老宅里整天只能和一台电视机为伴。而这些，都是母亲在电话里告诉我的。

我回到了奶奶身边，老人家兴奋异常，儿孙绕膝的感觉找到了，激动得只会说："好，好，好！"关于我的工作，她竟然问了好几遍"忙不忙"，间隔不过半个钟头。我搀扶奶奶到屋外晒太阳，讲我的家庭、我的向往，还有我小时的童趣。

奶奶越听越觉得神奇，说要为我颁奖。奶奶叫来了伺候她的保姆，颤巍巍地拿出了所谓的"子女探望奖"：一块红手绢包着的两张百元大钞。我不肯接受，但又担心伤了老人家的心。我压抑着难过，对奶奶说："我是你隔代的孙子，不能拿这奖，颁给伯伯们吧。"奶奶笑了："小凤，今年，你回家的趟数最多，应该颁给你，拿着。"旁边的保姆朝我点点头，背过身躲开了。我心情复杂地接过"子女探望奖"，攥住奶奶的手，想要哭，但硬生生地忍住了。我掏出手机，举过头顶，拍下了我和奶奶相偎相依的镜头。

午后，奶奶照例卧床休息了。趁这工夫，保姆似乎犹豫了一会儿，将我拉到外屋，神秘兮兮地从衣柜里捧出一本软面抄，郑重其事地说道："这是你奶奶的记账本。"我有些疑惑和不解，伯伯和姑妈们都挣了大钱，奶奶现在不愁吃不愁穿，还记账干吗？保姆说：

"你看看吧，兴许对你有用。"翻开这本记账本，我看到的竟是：九月初三上午，小儿子贵生回来一次，第二天上午离开家，这是今年第6次回家来看我……十月十二下午，大女儿水香和贝贝来了，贝贝会叫我老太太了……十一月初八下午，二女儿水琴打电话来问我要吃点啥……十一月廿七晚上，三女儿水芳叫东宅的老沈送来两碗羊肉……账本上没有一笔生日礼金，没有一笔人情往来，都是这些细小的探亲琐事，给我的却是震撼，是一种难以咀嚼的酸楚和痛彻心扉的悸动。

我有些语无伦次地让保姆按原样放回奶奶的记账本，走到屋外，我拨通了父母的手机："爸、妈，你们在外面少挣点钱，行吗？回家看看奶奶吧！"合上手机，我早已泪流满面……

常回家看看

看过这个故事，很自然地就想起了那首曾经风靡一时的歌——《常回家看看》。"常回家看看，回家看看，哪怕帮妈妈刷刷筷子洗洗碗，老人不图儿女为家做多大贡献……"的确，只要能常回家看看，就是对长辈最大的安慰了，他们并不需要热闹的生日宴席，也不需要成包成袋的补品，他们只是希望能多感受一点亲情环绕身边的温暖。

奶奶的账本很奇特，一笔一笔记下的并不是金钱的来往，而是琐碎的人间真情。儿女的探望、关心，邻里之间的友爱、和谐……从那密密麻麻的字里行间，我们似乎读出了奶奶的整个内心世界。

奶奶的生活并不贫困，而且还有一个保姆照顾饮食起居，应该可以说是在安享晚年了。但奶奶希望得到的并不是这些，她只是希望孩子们能常回家看看她，她所渴望的是那种儿孙绕膝的感觉。内心孤寂的奶奶牢牢记着别人对她的牵挂，她正是靠着这些怀念和希冀，打发着时间。奶奶甚至别出心裁地设立了一个"子女探望奖"，当"我"拿着奶奶颁发的奖品时，内心却忍不住一阵悲伤。

你是不是也很久没有探望过爷爷奶奶外公外婆了，是否只是隔了很久的时间才打个电话问候一句？如果时间允许的话，多去探望他们一下，一次探望会强过一百次的电话问候。用心珍惜这来之不易的亲情吧，毕竟这样的机会也不是太多。

第一百个客人

佚名

　　中午尖峰时间过去了，原本拥挤的小吃店，客人都已散去，老板正要喘口气翻阅报纸的时候，有人走了进来。那是一位老奶奶和一个小男孩。"牛肉汤饭一碗要多少钱呢？"奶奶坐下来拿出钱袋数了数钱，叫了一碗汤饭，热气腾腾的汤饭。

　　奶奶将碗推向孙子面前，小男孩吞了吞口水望着奶奶说："奶奶，您真的吃过中饭了吗？""当然了。"奶奶含着一块萝卜泡菜慢慢咀嚼。一晃眼工夫，小男孩就把一碗饭吃个精光。老板看到这幅景象，走到两个人面前说："老太太，恭喜您，您是我们今天的第一百个客人，所以免费。"之后过了一个多月的某一天，小男孩蹲在小吃店对面像在数着什么东西，使得无意间望向窗外的老板吓了一大跳。原来小男孩每看到一个客人走进店里，就把小石子放进他画的圈圈里，但是中餐时间都快过去了，小石子却连五十个都不到。

　　心急如焚的老板打电话给所有的老顾客："很忙吗？没什么事，我要你来吃碗汤饭，今天我请客。"像这样打电话给很多人之后，客人开始一个接一个到来。"八十一，八十二，八十三……"小男孩数得越来越快了。终于当第九十九个小石子被放进圈圈，小男孩匆忙拉着奶奶的手进了小吃店。"奶奶，这一次换我请客了。"小男孩有些得意地说。真正成为第一百个客人的奶奶，让孙子招待了一碗热腾腾的牛肉汤饭。而小男孩就像之前奶奶一样，含了块萝卜泡菜在口中咀嚼着。"也送一碗给那男孩吧。"老板娘不忍心地说。

"那小男孩现在正在学习不吃东西也会饱的道理哩！"老板回答。吃得津津有味的奶奶问小孙子："要不要留一些给你？"没想到小孩却拍拍他的小肚子，对奶奶说："不用了，我很饱，奶奶您看……"

爱心的接力棒

小吃店的老板是个充满爱心的人，在他善意的帮助之下，小男孩体会到了能够付出自己的爱心是一种幸福的道理。

爱对任何人而言都是无价之宝，透过爱，我们可以给予需要爱的人温暖。每一个爱与被爱的人，都比远离爱的人幸福得多。我们付出的爱心越多，就越能得到更多爱的回报，这是一个永恒的因果关系。

爱是全世界最珍贵的东西。无论你过去或现在是多么不快乐，你仍然可以在未来获得快乐。爱是打开快乐之门的钥匙，而你则是那把钥匙的拥有者。无论何时，请你一定要记得，爱必须由本身做起。一个有爱的人，会拥有一颗慈悲的心。我们应该从小就养成这样一个良好的习惯，去帮助身陷困难或比我们更不幸的人。在这个世界上，有人需要我们用言语去安慰他，他会因我们的出现而感到愉快，他会因我们的帮助而脱离苦海。

爱就像泥土一般，使万物生长。它丰富了人类的生命，不会给我们带来丝毫的限制和牵绊。爱不需要花费分毫，也没有选择性。力所能及地帮助每一个需要帮助的人，你的爱心会像接力棒一样，被每一个受过你帮助的人热情地传递下去。

甘地曾经说过："你的善行多半是不显著地，但是，重要的是，你做了。"往往一念善心就可以助长一棵幼苗，而棵棵幼苗则可以成林，只要人人献出一点爱，这个世界就会更加美好。

我和祖母

······李尉红

生命的源头已经很遥远了，我只能看到一位陪伴我度过童年的老人。她永生在我童年的那份记忆里。许多年以后，我发现我和她在许多地方竟然那么相像，她的生命有一些成分像是融进了我的生命里。我只能改变着那些不是我的部分。

她就是我的祖母。

我出生以后，祖母就从老家来到我的身边。老家离母亲所在的学校不远，沿着一条叫"戴家河"的小河边就能走来。河水很清澈，路边开满了淡蓝色的豌豆花和夏天里的地丁花。祖母会在河边放下她的蓝布包袱歇一会儿脚，用小河里的水洗一洗脸上的风尘，蓝布包袱里包着几件衣物和一条薄薄的红被子，它们是祖母的日常用品和她一生的财产。

祖母带着我吃饭、睡觉，我们成了朋友。祖母不识字，但记忆力天生就好。她能讲很多故事，三国水浒、红楼西游、民间传说、妖魔鬼怪，她都能讲，好多人物情形故事情节她都能背诵。祖母讲故事的时候盘膝而坐，目光远远地望着，脸上的皱纹很慈祥很光彩。讲着讲着她会合着手唱起来。所以，后来我让她讲故事都说成让她唱故事。

祖母讲故事的神情仿佛是在述说自己的经历。

有了弟弟妹妹之后，母亲几乎顾不上我了。我便依附到祖母的身边，成了祖母最爱的孩子。我们之间有一种互相依赖互相保护的友情。母亲生气打我时，时常是祖母用她的两手遮护着我。有两年

经济困难，饭桌上的饭越来越少。祖母便把没有"吃完"的饭攥在手里，用衣袖遮着带回我和她住的房间再让我吃。祖母是一个讲真话的人。学校里的校长曾问她过去的生活是不是没有现在好时，祖母摇头说她过去的生活也很好，她说她曾是古镇芦溪颇具盛名的丝绸厂"德太营"欧阳家族的千金小姐……

祖母的身体一直没有什么大病，但她已经很老很老了。大概有九十多岁了吧，只是从来不愿说她的真实年龄。她说人不能说自己一百岁。她常常指着长满了老年斑的手说她快不行了。之后祖母便拍着我的手背说："芳丫头，你会在我死后活很久，你会像我一样也有儿子孙子。""那你到哪里去了呢？"我总是不解地问。祖母的脸上显出一种非常邈远非常平和的表情，她说人是土地生的，土地生了人终是要收回去的。祖母这时边说边吟唱起来——

树老尖梢叶子稀

黄瓜老了尿臊气

茄子老了皱皮皮

人老弯腰把头低……

祖母低沉的声音像在述说她的命运。从祖母的眼神里我知道了人老是不好的。小时候的我很想留住祖母，要让她幸福。祖母回老家了，我把别人送我的两个核桃砸出仁来撒上白糖，包在小纸包里，再包上小手绢，准备留给祖母。上课的时候我的手不停地伸进衣袋去捏摸。那桃仁在衣袋里放了一个星期，到我见到祖母时，手绢都被我捏得软软湿湿的了。

在祖母的身边我一天天长大了。祖母以她衰老的生命抚育起了一个充满希望并开始谙事的生命。父母不在的时候，我回老家的小村子里去。祖母的脚步已明显迟缓了。这是我第一次为祖母背她的包袱，也是我最后一次陪她走路。包袱里还是那条褪了色的红被子和几件衣物。红被子是祖母结婚时做的，它陪伴了祖母数十年的人生历程。我不时地回头等着祖母，有些寒冷的风吹起了她丝一样的白发，她的脸是一种接近土地的色。她一步步走着，走过沟坎和野草横生的路面，走过她人生必经之路。她脸上的皱纹像根一样盘着，显得那么安详慈爱。几天之后，祖母便与世长辞。

祖母去世的那天，天下起了大雪，飘飘扬扬的雪像天地之间满挂的生命的幡。祖母静静地躺在老式木床上，盖着她那条红被子，安详地又睡了。弟弟妹妹们都哭了，我却没有哭。我过去抚着她那双生了近百年的手，那双抱过我、领过我、疼过我的手，像回到了熟悉的祖母的身边。宝哥、翠姐、九珍姐为祖母梳了头，换了一身新衣，盖了一条缀满了铜钱的新被子。九珍姐说祖母走得一点痛苦也没有，只是昨天夜里祖母突然叫她关灯，灯灭了她还让关。

照耀祖母的灯灭了，但祖母留下来的形象不息地照耀在我的生命里，使我时常这样地想念她，想念起一个给予我部分生命的老人，让我常常感到历史和血脉远远地从生命的源头流了下来，它们会沿着生命不停地流下去。

珍惜这份爱

祖母永远地留在了"我"童年的记忆中，成为"我"成长历程中不可缺少的一部分。祖母是一个平凡的人，但却给了"我"一个充满爱和欢乐的童年。她可以给"我"讲好多好听的故事，对"我"以后的人生之路产生了重要的影响。"我"是祖母最疼爱的孩子，在困难时期，祖母把自己吃的省下来给"我"吃，而"我"也是一个孝顺的孩子，把别人送的两颗核桃仁都留给了亲爱的祖母。这种相互依赖相互牵挂的感情让"我"懂得了如何去爱人，如何去做一个关爱别人的人。

虽然故事中叙述的都是一些日常生活中的小事，但从作者细腻的文字中我们能够感受到祖孙两代那深厚的情感。祖母的俭朴和善良潜移默化地影响着"我"的一生，是留给"我"最宝贵的一笔财富。祖母是一个讲真话的人，而她无意中所做的一切已经让"我"永远都无法忘记。或许从那个时候起，诚实做人就深深地刻进了作者幼小的心灵中，成为她做人的一个重要原则。

　　如果你也曾感受过如此般的祖孙亲情，请把它珍藏在心里吧，好好去珍惜，因为它是最自然、最纯朴的爱，而且不受时间限制，随时可以享用。但是我们切勿视亲情为理所当然，甚至以一个债主的心态去强求这份爱。不管什么时候，我们都要存一颗感激之心，甚至存一颗欠债者的心，去履行自己的天职。

老海棠树

史铁生

如果可能，如果有一块空地，不论窗前屋后，要是能随我的心愿种点什么，我就种两棵树。一棵合欢，纪念母亲。一棵海棠，纪念我的奶奶。

奶奶，和一棵老海棠树，在我的记忆里不能分开；好像她们从来就在一起，奶奶一生一世都在那棵老海棠树的影子里张望。

老海棠树近房高的地方，有两条粗壮的枝丫，弯曲如一把躺椅，小时候我常爬上去，一天一天地就在那儿玩。奶奶在树下喊："下来，下来吧，你就这么一天到晚待在上头不下来了？"是的，我在那儿看小人书，用弹弓向四处射击，甚至在那儿写作业，书包挂在房檐上。"饭也在上头吃吗？"对，在上头吃。奶奶把盛好的饭菜举过头顶，我两腿攀紧树丫，一个海底捞月把碗筷接上来。"觉呢，也在上头睡？"没错。四周是花香，是蜂鸣，春风拂面，是沾衣不染海棠的花雨。奶奶站在地上，站在屋前，老海棠树下，望着我；她必是羡慕，猜我在上头是什么感觉，都能看见什么？

但她只是望着我吗？她常独自呆愣，目光渐渐迷茫，渐渐空荒，透过老海棠树浓密的枝叶，不知所望。

春天，老海棠树摇动满树繁花，摇落一地雪似的花瓣。我记得奶奶坐在树下糊纸袋，不时地冲我叨唠："就不说下来帮帮我？你那小手儿糊得多快！"我在树上东一句西一句地唱歌。奶奶又说："我求过你吗？这回活儿紧！"我说："我爸我妈根本就不想让您糊那破玩

艺儿，是您自己非要这么累！"奶奶于是不再吭声，直起腰，喘口气，这当儿就又呆呆地张望——从粉白的花间，一直到无限的天空。

　　或者夏天，老海棠树枝繁叶茂，奶奶坐在树下的浓荫里，又不知从哪儿找来了补花的活儿，戴着老花镜，埋头于床单或被罩，一针一线地缝。天色暗下来时她冲我喊："你就不能劳驾去洗洗菜？没见我忙不过来吗？"我跳下树，洗菜，胡乱一洗了事。奶奶生气了："你们上班上学，就是这么糊弄？"奶奶把手里的活儿推开，一边重新洗菜一边说："我就一辈子得给你们做饭？就不能有我自己的工作？"这回是我不再吭声。奶奶洗好菜，重新捡起针线，从老花镜上缘抬起目光，又会有一阵子愣愣地张望。

　　有年秋天，老海棠树照旧果实累累，落叶纷纷。早晨，天还昏暗，奶奶就起来去扫院子，"唰啦——唰啦——"，院子里的人都还在梦中。那时我大些了，正在插队，从陕北回来看她。那时奶奶一个人在北京，爸和妈都去了干校。那时奶奶已经腰弯背驼。"唰啦唰啦"的声音把我惊醒，赶紧跑出去："您歇着吧我来，保证用不了三分钟。"可这回奶奶不要我帮。"咳，你呀！你还不懂吗？我得劳动。"我说："可谁能看得见？"奶奶说："不能那样，人家看不看得见是人家的事，我得自觉。"她扫完了院子又去扫街。"我跟您一块儿扫行不？""不行。"

　　这样我才明白，曾经她为什么执意要糊纸袋，要补花，不让自己闲着。有爸和妈养活她，她不是为挣钱，她为的是劳动。她的成分随了爷爷算地主。虽然我那个地主爷爷三十几岁就一命归天，是奶奶自己带着三个儿子苦熬过几十年，但人家说什么？人家说："可你还是吃了那么多年的剥削饭！"这话让她无地自容。这话让她独自愁叹。这话让她几十年的苦熬忽然间变成屈辱。她要补偿这罪孽。她要用行动证明。证明什么呢？她想着她未必不能有一天自食其力。奶奶的心思我有点懂了：什么时候她才能像爸和妈那样，有一份名正言顺的工作呢？大概这就是她的张望吧，就是那老海棠树下屡屡的迷茫与空荒。不过，这张望或许还要更远大些——她说过：得跟上时代。

所以冬天，所有的冬天，在我的记忆里，几乎每一个冬天的晚上，奶奶都在灯下学习。窗外，风中，老海棠树枯干的枝条敲打着屋檐，摩擦着窗棂。奶奶曾经读一本《扫盲识字课本》，再后是一字一句地念报纸上的头版新闻。在《奶奶的星星》里我写过：她学《国歌》一课时，把"吼声"念成"孔声"。我写过我最不能原谅自己的一件事：奶奶举着一张报纸，小心地凑到我跟前："这一段，你给我说说，到底什么意思？"我看也不看地就回答："您学那玩意儿有用吗？您以为把那些东西看懂，您就真能摘掉什么帽子？"奶奶立刻不语，唯低头盯着那张报纸，半天半天目光都不移动。我的心一下子收紧，但知已无法弥补。"奶奶！""奶奶！""奶奶——"我记得她终于抬起头时，眼里竟全是惭愧，毫无对我的责备。

但在我的印象里，奶奶的目光慢慢地离开那张报纸，离开灯光，离开我，在窗上老海棠树的影子那儿停留一下，继续离开，离开一切声响甚至一切有形，飘进黑夜，飘过星光，飘向无可慰藉的迷茫与空荒……而在我的梦里，我的祈祷中，老海棠树也便随之轰然飘去，跟随着奶奶，陪伴着她，围拢着她；奶奶坐在满树的繁花中，满地的浓荫里，张望复张望，或不断地要我给她说说："这一段到底是什么意思？"——这形象，逐年地定格成我的思念，和我永生的痛悔。

宽容的爱

奶奶一生最耿耿于怀的，或许就是那个莫名其妙的"成分"。它成了压在奶奶心底的石头，怎么都挪不开。小的时候，作者不懂得珍惜奶奶对他的疼爱，就连奶奶请求他帮忙也被他一次次拒绝，或者随意糊弄了事。奶奶并不生气，只是用她那宽容的爱原谅了他一次又一次的无知。等到作者终于懂得帮奶奶的时候，却被奶奶回

绝了，因为奶奶自有做人的骨气，她要用自己的劳动去"赎罪"。奶奶是多么坚强而独立啊！

最让作者后悔而且永远都不能原谅自己的，就是那句冰冷的话语，它再一次无情地砸向了奶奶的自尊。但最后，奶奶还是没有怪他，眼里没有一丝一毫的责备，相反竟然充满了惭愧。奶奶对小孙子的爱始终都是宽容的，无私的。她并没有因为小孙子的无心伤害而迁怒于他，但奶奶如此的宽容却让小孙子感到了永生的不安与懊悔。

在奶奶宽容的爱的面前，我们每一个人都是如此的渺小。宽容的爱是一种智者的爱，爱因为宽容而更显得博大。宽容不是没有原则的忍让退缩，而是退一步的海阔天空；宽容不是随意的曲意逢迎，而是智慧的包容。宽容是一种豁达的人生态度，练就一种宽容，我们的人生会走得更加顺畅。从故事中奶奶的爱里，我们看到了宽容的影子，做一个宽容的人，是奶奶留给我们最恳切的忠告。

雪 梅 帕

卜雅观

夏雪梅，一个美丽的名字。她不是别人，她是我的祖母，人如其名的温柔美丽。至今，我依然珍藏她留给我的白手帕。

洁白的手帕晾在蓝天下，熏风吹来，扬起片片白帆，悠悠地在空中挥舞，似是在向谁告别。祖母，是你在天国向我道别吗？

手帕被洗得洁白发亮。皂粉的清香加上水的味道，是如此的清晰，清晰得让人落泪，以往幕幕与祖母一起的光景又涌上脑际。手帕也有情吧？替我滴下思念的水珠……

连日的奔波，为了祖母的后事，父亲竟似老了十年，白发重重地占据他那日渐稀疏的头上。祖母死前的一天，父亲曾与她发生口角，更增加了他的罪恶感。

每当夜阑人静时，总听见父亲俯沉啜泣着，那强行抑制的嗓子，像狮子的吼，似日夜痛失爱侣的狼，但，更像可怜的孩子对母亲的呼唤……我默默聆听，不敢作声，似乎感受到父亲深沉的内疚和悲痛，眼泪也跟着无声地滴下。

当鱼肚泛白，我摇醒带醉的灵魂，梳洗罢，望见餐桌旁轮廓依然刚毅的父亲面容。餐后，父亲难得地打破沉默："你祖母有些东西是留给你的，你就好好留着它吧……"声音变得模糊。

走进祖母的房间，许多衣物都被整理过，只觉得人去楼空，物是人非。真有仿如隔世之感。忽然想起潘岳的诗："望庐思其人，入室想所属。"不禁暗自神伤。想起祖母的一笑，她臃肿的身影，

似乎仍在小室内踽踽独行。

打开祖母留给我的朱漆雕花小木盒子，里面有些金首饰、发簪和旧照片，木盒底放了几幅白手帕，这东西，是祖母的珍藏。拿起其中一帧旧照片，相中人是个少女打扮的女人，企领旗袍，清汤挂面的髻，熟悉的面庞，妩媚的微笑，像旧画报中的美女。相中人正是祖母，忽然恍悟，那天父亲和祖母发生口角，父亲不知说了什么，令祖母异常难过。末了，祖母若有所思，拉起我的手问："宝贝，你祖母很贪钱吧……"忽然老泪纵横，我能说什么呢？一个毫不吝啬施予爱的人，有谁能批评她贪心？祖母年轻时不是平凡人物，过惯了好生活，"文革"时经过凄厉苦雨的峥嵘岁月，如今老来希望享儿女福。父亲是个老实人，不能提供祖母好日子，祖母便偶有怨言，因而往往造成他们的隔膜。

翻开一条条的白手帕，款式是一样的，只是手帕的小角都绣上不同的图案，有婴儿的像，生辰吃的红鸡蛋图，小学生毕业的图，一幅幅地翻开，就像一本纪录父亲一生大事的记事本。祖母是文盲，只能用这种方法记下难忘的事。看到这，我禁不住热泪盈眶。祖母将她的爱，一针针地绣在手帕上，她是疼爱父亲的，可是却不知如何表达。祖母珍藏着这些手帕，就像珍藏着自己宝贵的回忆一般……

父亲和祖母一样，从来不知如何表达自己对子女的爱，造成鸿沟。祖母，你是想告诉我这些吧！我会珍藏这手帕，就像珍藏你的爱一样。

洁白的手帕在晨风中飞扬。祖母，或许你并未离开，只是化成扬起平帆的风，化成雾中的露水，化成我的思念。

白色的丝手帕，"横也思来竖也思"，原来是一张潜意识的思念网，我将好好珍藏。

爱需要沟通

祖母走了，"我"看着那一条条飞舞的白手帕，若有所思。祖母留给"我"的几副白手帕，让"我"渐渐明白了她想告诉"我"的一切：爱，也需要表达。只有这样，才不会造成两代人之间的隔阂和鸿沟，才能一家人其乐融融，共享天伦之乐。

你是否也觉得自己和家里人无法沟通，总觉得他们无法理解你的内心世界？其实，相互理解是需要交流的，只有通过交流，我们才能了解双方缺少的是什么，需要的是什么。

如果我们要学会爱，就要先学会如何沟通。不要把问题留在自己的心里，而要把心里的感觉说出来。如果我们不能通过表达来沟通彼此的情感，我们就无法接受或付出爱。如果我们总是把所有的想法都锁在内心里，不但自己会因心胸狭窄而沮丧，那些跟我们亲近的人也会无法适时地给予我们帮助、同情或支持。

爱犹如一株植物，它会成长、开花结果，也会凋零、死去，全看我们用什么样的态度来对待。沟通就像水，没有了它，爱的植物必将枯萎。所以，我们要学会将心中的感受与他人分享。不要害怕会冷场，你只要记得，每次你看见某人，都有可能是最后一次。所以，当你还可以的时候，告诉他们你想说的话。生命中最悲惨的痛苦莫过于没有在他们还活着的时候，说出你对他们的感想是什么，说出他们对你有多么重要。

让你所爱的人知道你爱他们，你感激他们。把爱说出来，你会发现你的人生也在悄悄改变。

奶奶的手

··································[韩] 李美爱 著　佟晓莉 译

　　父亲在一家小公司工作，很辛苦地赚钱养家。为了替父亲分担一些任务，奶奶上山挖野菜，整理完再把它们卖掉，以此来贴补家用。这样，奶奶一整天都泡在山上，挖完野菜回来后，拣菜一直要拣到后半夜。然后，在东方渐渐露出鱼肚白的时候，奶奶就头顶菜筐，穿过山路，去市场卖野菜了。

　　"这位大姐，买点野菜吧。给你便宜点！"

　　尽管奶奶很辛苦地叫卖，但比起生意兴隆的日子，生意清淡的日子总是占大多数。

　　我很讨厌没有奶奶的房间，因为那会让我倍感孤单；也很讨厌奶奶挖山野菜，因为只要我一做完作业，就必须帮奶奶拣菜。而这个脏活儿，常常把我的指尖染黑。如果那样，无论用清水怎么洗，那种脏兮兮的黑色总是洗不掉，让我懊恼极了。

　　有一天，发生了一件让我措手不及的事儿。

　　"礼拜六之前，同学们一定要把家长带到学校来。记住了吗？"老师对我们说，"学校要求学生们带家长到学校，主要是为了商量小学升初中的有关事宜。"

　　别的同学当然无所谓，而我……能和我一起到学校的，只有奶奶一个人。

　　听到老师的话，我无奈地叹了一口气。

　　"唉……"

寒酸的衣服，微驼的背……最要命的，是奶奶指尖那脏兮兮的黑色！

不懂事的我，掩饰不住内心的焦虑，不知道该怎么办才好。

不管怎么样，我都不愿让老师看到奶奶指尖的颜色，我满脸不高兴地回到家，犹犹豫豫地说道："嗯，奶奶……老师让家长明天到学校。"

虽然不得不说出学校的要求，但我心里却暗自嘀咕：唉，万一奶奶真的去了，可怎么办啊？我心底备受煎熬，晚饭也没吃，盖上被子，蒙头大睡。

第二天下午，有同学告诉我，老师让我去教务室。还没进屋，我忽然间愣住了，几乎在一瞬间，我的眼睛里充满泪水！

"呀，奶奶！"

我看见老师紧紧握住奶奶的手站在那里。

"智英呀，你一定要努力学习，将来好好孝顺奶奶！"

听到老师的话，我再也忍不住，顷刻间眼泪夺眶而出！

老师的眼角发红，就那样握着奶奶的那双手。那是怎样的一双手啊：整个手掌肿得很大，红色的伤痕斑斑点点！

原来，奶奶很清楚孙女为自己的这双手感到羞愧，于是整个早晨，她老人家都在用漂白剂不停地洗手，还用铁屑抹布擦手，想去掉手上的黑色！结果，手背上裂开了大大小小的口子，血从里面流了出来。

看到那一双手，我才懂得了奶奶那颗坚忍而善良的心！

坚忍善良的爱心

每一个人都有自尊，而有的时候，自尊所表现出来的，却是我们那不堪一击的虚荣之心。故事中的女孩很爱她的奶奶，但她那小小的虚荣心却让她讨厌奶奶去挖野菜，因为那样她就得帮奶奶拣菜，最直接的后果就是会把手指染得黑黑的，这让她觉得很没面子，很丢人。当女孩万分不情愿地告诉奶奶要到学校去的时候，我们似乎都能想象得到她那为难的表情。她实在害怕奶奶乌黑的手会让同学取笑。其实她的心思奶奶怎么会不知道？当她在学校看到奶奶那双肿得很大而且布满了红色伤痕的手时，终于明白了奶奶对她的爱有多深，那是一种怎样坚忍而善良的爱！

为了让指尖的黑色渐渐淡去，奶奶付出了想象不到的代价。试问世界上还有哪一种爱能有这样的隐忍和无私？奶奶所做的一切，只是为了让孙女不受同学的取笑。善良的奶奶用丝丝疼痛换来了孙女的面子，我想这样的付出会让孙女一生铭记，而她也将认识到什么才是真正的自尊，什么才是真正的坚忍。

一颗坚忍的心，通常蕴涵着一种豁达，是对人、事、物的豁达，也是对名和利的豁达，更蕴涵着一种成长：智慧的成长和性格的成长。坚忍不是把自己逼到墙角，而是跳出困境，看到宽广的未来；坚忍不是让自己落到忍无可忍的地步，而是能转化我们的心境，把它升华成一股向上奋进的力量。拥有一颗坚忍而善良的心，我们会更接近成功和幸福。

永远的二月兰

申力雯

从那一天起，我叫她祖母。

20 年前，我到北方一个偏远的乡村度假，那是一个宁静、民风淳朴的小村庄，人们叫它裕庄。它坐落在长城脚下，村前有一条清清的小河，它从高高的山上像一条玉带蜿蜒飘下，溪水滢澈，映照着蓝蓝的天，白白的云；它默默地流淌着，好像在悄声细语地叙说着四季的故事和往昔的惆怅。

我每天都坐在村前的小河旁，手里翻着画册，两只脚拍打着溪水，水花顽皮地溅到我的脸上，望着那蓊郁、缤纷钢蓝的远山，从遥远的天际绵绵延延而来，挥洒着无尽的远古的气息和质朴的情韵。

在村口的一棵古槐树下，我经常看见一个老人手里提着一个竹篮子，来回张望着。风撕扯着她花白的头发；她穿着青色夹袄，腋下的搭扣没有系上，露出一抹白色的衬里，那被岁月摩挲的脸是苍老的，但却透出一种清癯和洁净。她遇到有人从村子里出来便问："到孟庄吗？费心捎点东西吧。"她不断地重复着，直到有人接过篮子，老人才弯着腰默默地走了。她总是一个人来，又一个人走。我把身子趴在膝盖上，不再看山也不再看水，只望着她，想着她：她到底是怎样的一位老人？

听村里人说，她姓张，抗日战争时代失去了丈夫和儿子，家里只剩下她一个人；她没有再改嫁，她说孩子他爹是为打鬼子死的，他没有别的亲人了，不能让他的坟头上长了荒草。她一个人苦苦地

支撑着，战争中她给八路军做了许多衣服被子，冒着枪林弹雨悄悄送到大山的那边。那个住在孟庄的大娘有着和她一样的遭遇，是她的亲人也是战友。这个平凡而动人的故事悄悄地走入了我的心灵，从此我担当起裕庄和孟庄的信使，传递着她们彼此情感的信息。从此我经常走入老人那爬满青藤的院落，一架古老的纺车吱吱地响着，窗外的花椒树摇着一树的葱绿。

从裕庄到孟庄要翻两座山一条河，日头出来走，日头落了才能回来。她给孟庄的老人带的是些吃的用的：拨落饼（把面摊在树叶上，里面放上馅蒸熟）、萝卜糕、白面饺子、手套、袜子、帽子……然后我又从孟庄拎着差不多同样的东西返回裕庄。讲究实效的现代人往往会把这种往返看作没有意义的重复；现代趋于沙漠化、功利化的人际关系，很难理解正是这种往返，这片情感的绿洲，支撑着两个人互相牵挂的生命。

有一次我要到集市上看皮影戏，老人让我顺便到孟庄看看，我答应了。看过了皮影又在镇上的书店转悠了大半天，早已把去孟庄的事抛在脑后了。太阳已落山了，我只好打道回府了。回来时，我站在屋檐下，隔着竹帘说，我去孟庄了，她很好。院子里的鸡咕咕地叫着，老人拉着风箱，点了点头，灰白的炊烟袅袅地溢了出来，我转身便走了。

过了两天传来消息，孟庄的老人溘然长逝了！我一下子就扑向了她的怀里，哭得死去活来，"那天我没去孟庄，我撒谎了，我该去看看她，也许……"她抱着我也哭了，"我知道，你是好孩子，好孩子，人老了随时都会蒂落入土，只要她走时没受罪就是福，人老了只求这个福了，求到就好。"她突然笑了一下，好像是在安慰我，又像在安慰自己，她的笑容那样动人、慈爱，那是不常笑的人才有的笑容。我不禁叫了一声"祖母"，她抬起了头，蓦地又流泪了，她抚摸着我的手，我的辫子。我看她疲倦的眼睛里燃烧着爱。

祖母总是摩挲着一封又一封寄给我的信，她说："这信里都装着要说的话吧，有那么多人要和人说话，多好。"她的神情有些寂然。"能把信给我念念吗？"于是我一封一封给她朗读。她一边听，一边做活计，一会儿针涩了，便把只做了一半的鞋面子抵住下颌轻轻地唱了一支歌："长亭外，古道边，芳草碧连天，晚风拂柳笛声残，夕阳山外山。天之涯，地之角，知交半零落。一斛浊酒尽余欢，今宵别梦寒。"声音有些沙哑低沉，似充满了惆怅之情。

假期很快就过去了，我离开了祖母，每个月每个节日我都给她写信，我想让她知道世界上有人与她紧紧牵着。又过了几年，祖母去世了，村里的人告诉我，经常看见祖母拄着拐杖站在村口的大槐树下，等着邮差，无论是春夏还是秋冬，祖母在盼望中走完了她最后的路。

去年我去裕村，看见埋葬祖母的土地上开满了漫山遍野的二月兰，祖母坟前的草绿生生的，我把一封信悄悄放在祖母的身边：祖母您慢慢读吧，明年我还来看您。

祖母您不相信上帝，但您更接近"上帝"，在您困苦的一生中，您从未放弃过爱。

祖母，我永远的祖母。

爱让世界更美好

祖母虽然不是"我"的亲祖母，但她却用一生的经历和智慧教会了"我"如何去做一个快乐的人：只要从未放弃过爱，便更接近幸福。祖母无论是对亲人的爱，还是对朋友的爱，甚至是对陌生人的爱，都是那么纯真、透彻、彻底、无私。祖母在盼望之中走完了她最后的路，但我们每一个人都相信，她走的时候一定不寂寞，因为她的身边始终都有爱相随。

"当内心有爱时／四周将环绕着光明／当内心有爱时／每一句

话都含有欢乐的气氛／当内心有爱时／时光将轻缓、甜蜜地流逝。"这首短诗告诉了我们爱的美好。故事中的祖母虽然一生困苦，但她有一个富足的精神世界。她牵挂着和她从风雨中一起走过的战友，她们用爱的绿洲支撑起了两个牵挂的生命。

这种不是亲情却胜似亲情的牵挂足以让我们相信，她们的世界里充满了爱的阳光。祖母对"我"的牵挂更是如此，她经常拄着拐杖站在村口等待邮差便是一个最好的证明。正是这样的牵挂，陪伴祖母走过了一个人的晚年，走向了人生最后的归宿。

我们之所以感慨人生最美的就是爱，就是因为只有爱才能显示人生的温情，只有爱才能唤醒迷途的人生，只有爱才能温暖人心。让我们都做一个心中有爱的人吧，这样世界将会更加美好。

三分钱的朵拉

··················[美] 贝特·克拉姆帕斯 著　陈明 编译

　　外公去世后，外祖母朵拉从费城来这里和我们同住了一周。我对外公外祖母的了解不多，特别是外祖母。弯腰曲背的外祖母，有一张遍布皱纹的、活像葡萄干的脸。当妈妈要我亲吻她时，我缩在一边，心里还有些怕她。她从早到晚围着一条褪了色的旧围巾，穿着一套不合身的旧衣服，像一个影子似的在家里走来走去。很难相信，我活泼的、充满吸引力的妈妈会是她的女儿。

　　"妈妈和爸爸上班的时候，你要在家好好照顾外祖母，和外祖母玩，逗外祖母开心。"这是妈妈的命令。时值暑假，想到不能和小伙伴们在一起玩，我心里老大不愉快。但是，不就是一周吗？我想我还是能熬过去的。

　　第一天早上，外祖母把自己重重地扔进藤椅里，百无聊赖地坐在那儿。我自信有了精神准备，我们家每个人都喜欢玩扑克，我说："我们来玩扑克牌吧！"她耸了耸肩，把牌摊开，用依地语说："我不玩扑克。"

　　"外祖母，我的依地语不好，您能用英语跟我说吗？"

　　她轻蔑地哼了一声，然后说道："你应该学会。"

　　唉，这会是漫长的一周。

　　我不再和她说话，拿起了自己喜爱的喜剧连环画，自顾自地看了起来。从眼角望过去，我看见外祖母在一张纸片上用希伯来语写着什么，她的鼻尖几乎要碰着铅笔顶端了，我很想知道她背着我在写什么。

一周就这样过去了。在最后的那天早上，我看见外祖母在妈妈的衣橱里翻找，妈妈站在她身后。外祖母用依地语说了几句严厉的话，并把妈妈最好的一些衣服拿到了楼下。

"外祖母说什么？"我想知道。

"她说我的衣服太多了。"

我知道妈妈根本没有太多的衣服。爸爸拼命干活，只为我们家挣得仅能果腹的面包。

我很高兴，外祖母终于要回去了。

在送外祖母回费城的车上，我悄悄地向妈妈告外祖母的状。妈妈很快就不耐烦了，"你应该尊重外祖母！"她厉声说道。我赶紧闭了嘴。

到费城后我宣布说，要找表兄玩，向他展示我用自己挣的钱买的费城职业垒球队的帽子。

"不行，你还有事儿，你得帮外祖母做生意。"

什么生意？

这时，外祖母已经拿了妈妈的衣服消失在她的房间里。她再次出现的时候，手里拿着一个旧布挎包。妈妈将它递给了我："贝特，帮外祖母背着这个。"

我和外祖母走了三个街区，这里是犹太人聚集的社区。沿街都是小商店，用金色的字母装饰着橱窗。打扮得花里胡哨的结实的木制推车上，堆满了各色货物，沿着人行道一字儿排开。这里人头攒动，讨价还价之声不绝于耳。

一个摊主叫住了外祖母："嘿！朵拉！这些天你到哪里去了？我说最近怎么没有人来和我过不去了呢？"然后他向街对面的摊主叫道："嘿！莫易西！三分钱朵拉又回来了！你得好好看住你的钱包。"

我把自己的垒球帽拉得低低的，希望没人能看出朵拉就是我的外祖母。她正忙着在一个卖旧衣服的推车上翻找着。她拽出了一件成色还挺新的，比她自己的身材高大很多的旧衣服。

"多少钱？"她用依地语说，以她惯有的一本正经的口气问道。

矮胖的摊主摸着自己的胡须，知道自己得准备迎战了。"你想要的话，朵拉，我只卖二十五分。"

外祖母瞪了他一眼，伸出了三个指头：三分钱。

"哎，朵拉，我要失去我的房子了，我的孩子得挨饿了。但是我还是给你优惠价吧。"他伸出了八个指头。

外祖母面无表情地盯着他。摊主举起了双手，投降了。"再拿上这个吧。"

他生硬地说，举着一件女士连衣裙，"也许这样可以使你少到我这里来几次。"

外祖母以胜利者的姿态抽出钱包，拿出三分钱，数了数，递到摊主的手上。

她示意我打开旧布挎包，把她新买的衣服塞到妈妈的衣服上面，随即头也不回地向莫易西的鞋摊走去。五秒钟以后，她举着一双结实的女鞋，伸出了三个指头。

莫易西脸上不耐烦的神情变成了恼怒，"这是我最好的一双鞋，最低要价也得要五十分！"

"胡说！"外祖母尖声叫道，她的三个指头在莫易西面前晃动。我几乎想躲起来，但是，莫易西突然大笑起来。

"好，好。朵拉，今儿我没有时间和你讨价还价，这双鞋三分钱卖给你啦！再给三分钱买上这双昂贵的鞋吧。"他把一双漂亮的童鞋递给了外祖母。

外祖母就这样继续着三分钱一样东西地疯狂购物，直到最后花光了身上的所有的钱。我已走得筋疲力尽，旧布挎包越来越重，我只好用两只手吃力地提着它。快点吧，我唯一想做的事只是给表兄展示一下我的新垒球帽。但是，我们还有最后的一站。

我跟外祖母来到了一间小办公室，这里有一张办公桌和一个叫

艾比的工作人员。

"朵拉，我们都很想念你。这些天你上哪去啦？这小家伙是谁？"

外祖母用依地语回答："我女儿的孩子。"

"啊，原来你是朵拉的外孙子，"他向我微笑着，"你一定为你的外祖母感到骄傲，你知道，她在这一带可有名了。"

"是的，我知道。"我不耐烦地嘀咕着，"他们叫她三分钱的朵拉。"

外祖母费劲地提起挎包，艾比从办公桌后面跑过来帮忙。外祖母从挎包里一件一件地往外拿东西。每拿出一件，便把它整整齐齐叠好。然后她把在我们家时写好的纸条一一拿出来，在每一堆衣服上都放上一张。

"她在干什么？"我问艾比。

"这些纸条上写着需要帮助的人的名字和家庭地址，我们要把这些衣服照地址给他们送去。"

"她把所有的衣服都送出去了吗？"

"是的，我们这里是犹太人救济中心。"

我的脸一下子发起烧来，我感到羞愧难当。难怪格拉德大街所有的人都和她开玩笑，然后把他们最好的东西给她，而且到了几乎不收钱的地步。原来，"三分钱的朵拉"所做的生意是慈善事业，那些摊主都是她的"合伙人"。

我把自己珍爱的新垒球帽脱下来，把它递给了外祖母，她抬起头来，疑惑地望着我，用依地语问："干什么？"

"我想把我的这顶帽子也给你做生意。"

外祖母的眼睛突然一亮，她紧紧地拥抱了我。我也紧紧地拥抱着外祖母，用我知道的唯一的一句依地语对她说："我爱你，外祖母。"

"我也爱你，贝特。"她在我耳旁轻轻地说。

妈妈曾经告诉我，外公去世前极其慷慨大方，乐善好施，这样做，他感到很愉快。在他去世的时候，口袋里只剩下六分钱。我想，外祖母将会剩得更少，她会感到更加愉快的。

奉献的快乐

故事中的外祖母真是很可爱的一个外祖母，她充满了爱心，用三分钱买回了一件又一件的物品，并且把自己女儿的最好衣服都拿走，全都捐给了慈善机构。当"我"还不理解外祖母的用意时，曾对她充满了反感，甚至觉得和外祖母在一起很丢人。当明白了外祖母所做的是一件很有意义的事情后，"我"也很高兴地参与了这一活动，并把自己最喜欢的新垒球帽也捐献了出来。是在外祖母的影响下，"我"才做出了这样的决定，相信外祖母的爱心可以影响更多的人参加到这个有意义的活动中来，将爱洒满世界的每一个角落。

亲爱的小读者，你曾经也有过这样的举动吗？当在洪水的冲击或地震的破坏下，一些人无家可归的时候，你是否也将自己心爱的物品很慷慨地捐献给他们，帮他们渡过难关？如果你还不曾这样做，那么请你一定要试着做一次，你一定能从中体会到那种奉献的快乐。

其实说到底，人生的意义本就是一种奉献，只要愿意，每个人都能做到。有智慧的人可以奉献智慧，有体力的人可以奉献体力，有钱财的人可以奉献钱财，有技术的人可以奉献技术……就算什么都没有，至少我们还可以奉献微笑和祝福。如果每个人都能用爱心无偿地赐予别人服务和帮助，那么我们的生活将充满喜悦和快乐。

做一个懂得奉献的人吧，远比做一个只知道索取的人更能拥有快乐和幸福。

天使原来是这样的

···················[英] 南希·麦克奎尔 著　韩冬梅 译

三四岁的时候，我被妈妈故事中的天使迷住了。妈妈说，在我身边时刻都有着守护天使的陪伴。我对妈妈的话深信不疑。

坐在椅子上的时候，我总是设法挤出些地方给天使；躺在床上的时候，我和天使说着悄悄话，希望有一天能见到她，我脑子里清清楚楚地浮现着她的形象；她身着轻柔的白纱裙，有一对美丽的翅膀，浑身笼罩着神秘的光环。

6岁的时候，我在学校参加了耶稣降生宗教剧的演出，我对天使的迷惑在这一时期达到了顶点。妈妈在我脑子里填满的那些奇妙的人物故事，使我在爱尔兰老家度过了一个欢乐的童年，并使我日后成为一个白日梦者和乐观主义者。

相反，我的外祖母根本不信这一切，她只知道不停地劳作，日复一日在为全家人操心吃喝。妈妈温柔而美丽，外祖母则很刚强，只是看上去总是疲倦不堪，她是那时我所见的最慈祥但却最不可理喻的女人：只相信行动，从不轻信言语。当我们隔壁邻居的女人半夜因小产而大出血时，妈妈陪在那个女人身边，不停地哭泣，而外祖母立刻跑到一英里半以外去找医生。

外祖母是左邻右舍的人心目中的主心骨，人们免不了需要这样那样的帮助，而她则乐意帮助每一个人，常常看到她给一些人家送去牛奶和食物。她自然直率的慷慨，使接受帮助的人没有丝毫的难堪，她设法给我们做出每一餐饭。

长大以后，我把对天使的迷恋转移到对天使的认真研究上来了，

试图证明天使的真实存在。我约见那些声称见到天使的人，听他们讲他们如何从严重疾病中恢复过来，或如何奇迹地躲过灾祸的。

有一个小男孩因为在全家人上火车前不停地拼命号哭，使全家都耽误了上火车，后来，那趟火车出了事。男孩说，在这之前，他看到了天使，她对他说，不要上那辆火车。

外祖母不相信这个故事，她说："如果真是这样的话，那么天使为什么不救每一个人呢？"

9年前，外祖母死了，我心中似乎有什么东西崩塌了，她带走了被称为生命力或活力的那种东西。没有人能代替她给我的这种感觉。

日常报道中充斥的尽是罪恶、谋杀和痛苦，即使是在白天，我也时常感到脆弱和胆怯。我常常想象我3岁的女儿可能会遭到绑架或被人谋杀。我尽可能使她在我的监护之下。

外祖母去世的一年以后的某一天，我去加油站加油，交钱时发现皮夹不翼而飞。是丢了还是被偷了？眼泪不知不觉在我的眼眶里打转，这时，站在我身后的一个男人把一张10镑纸币放在柜台上，安慰我说："别难过，这种事谁都有可能碰上。"还没等我明白过来对他说声谢谢，他就快步走开了。

这样的事情对我来说是个转折点，我发现我证明天使存在的立足点似乎摆错了。

生活中，天使无处不在。她会带着慈爱和真情在朋友、家庭或陌生人中间偶尔出现。当你意识到这点以后，你能经常看到她的，并受到感染和鼓舞。

天使没有美丽的翅膀，也不一定穿着柔和的纱裙，她肯定不是我孩提时想象的那个样子。她看上去也许是个餐馆招待员、教师或加油站的机械修理工。他们的行为像……对了，那就像外祖母那样。

我的女儿有时候问到我的外祖母。前不久，她说："你的外祖母现在变成了天使了吗？"我说："亲爱的，她一直就是天使。"

你也可以是天使

　　故事中的女孩深深地迷恋着天使，她相信有一天她一定能见到天使。可是日子一天天过去了，天使却依然没有到来。虽然她一如既往地相信天使的存在，可是她的外祖母却不信这一套。但我们不难发现，外祖母所做的一切却使她看起来格外像一个天使。外祖母为家人日夜操劳，她勇敢到在漆黑的夜晚跑老远去为邻居请医生，她慷慨地把牛奶和食物送给周围的人……这难道不是一个天使的表现吗？不一定只有穿着白纱裙、长着美丽翅膀的才是天使，只要有一颗仁爱的心，我想每一个人都可以成为天使。比如那个帮"我"付加油费的陌生人，不也是出现在作者生命中的天使吗？

　　你在日常生活中经常乐于助人吗？比如帮生病的同学补习功课，帮助值日生清理教室，帮助老奶奶过马路，帮妈妈干一些力所能及的家务活……不要以为这都是一些不足挂齿的小事，不值得一做，其实我们的爱心都是在这些不起眼的小事中渐渐培养起来的。做一个有爱心的人，在别人需要帮忙的时候去助他一臂之力，当你看到他走出困境时，相信你的心里也将充满了欢乐。这个时候，你就成了他心目中的天使。

　　记住生命中每一个帮助过我们的人，因为我们要学会感恩；去热心地帮助那些需要帮助的人，因为我们要学会奉献。

　　你也可以是天使，相信吗？

外婆的刀削面

林树森

差不多七八岁的时候，我被母亲送到了外婆家。

我至今仍不知道母亲为何要将我送到那里去，大约是我太过顽劣的缘故吧。我记得，当时的我很不情愿到外婆家去，曾用了各种啼笑皆非的方法来抵制。但最终，我还是被母亲拖去了那里。虽然我为此愤愤不平了三天之久，然而，现在想起来，我实在是应该感谢母亲的决定的。

20 世纪 80 年代的时候，外婆那里还没有通公路，我和母亲这一路便好一阵走。待到怀揣糕酒、手携娇儿的母亲走了个七折七回，人困脚乏之际，却看见满头白发满面红光的外公，一路小跑着接了出来。

不知道为什么，儿时的我很怕外公。怕他满脸的络腮胡子和刀锋一样刚劲的皱纹，更怕他长着胡萝卜般粗细手指的大手，却唯独不怕他抱我。母亲说，我刚出生的时候，外公就抱过我。那时是夏天，他似乎怕我热，便直着小臂抱我，托着我，满村子地绕，逢人便讲："这是我外孙。"

外公的出现，使我规矩了很多。得以喘息的母亲便和外公说笑着走进村里去。七拐八折地走了好一阵，柳槐相遮映的外婆家便出现在眼前。

花白头发，笑眯眯的外婆早已等在门口。她嗯啊地应着母亲的问候，伸手挡开母亲双手捧过的糕饼，蹲下身拉我到她怀里去，硬

硬的手指摸着我的头，笑着说："俺家亮亮又长高哩。"我却嘟着嘴，老大的不高兴，我不喜欢这里，我觉得这里不是我的家。

一家人笑语欢声地往屋里去，除了被母亲踢了一脚的我。

屁股的疼痛，使我抽着鼻子，满脸的痛苦状，外婆悄悄地塞一块糖给我，然而不管用，我含着糖，嘴里呜呜地响。

午饭的时候，外婆端上一盆馎馎来。

馎馎的样子，很像是我们所说的馒头。或者它就是馒头，只不过叫法不同罢了。外婆蒸的馎馎，实在好吃得出奇，刚出锅的时候，带着微微的黄，不似城里食品店的馒头，白得扎人的眼，叫人一见便失了胃口。抓一个馎馎在手里，软软的烫一烫手，整个人都暖了起来，连心都软软烫烫的。就着腾腾的热气，尽着性地咬一大口，嫩嫩的香便流满了嘴，滚滚地淌到胃里去。软软甜甜的滋味，留在舌齿之间，叫人难以忘怀。

然而，我最难忘的，却是外婆精心调制的刀削面。

第一次吃到外婆的刀削面是在母亲走后不久。自小生活在母亲身旁的我，看着她渐渐远去的背影，忽然感到莫大的委屈。嘴一张，外婆的糖块飞了出去。还未等外公外婆反应过来，我已哇哇地痛哭起来。

外公古铜色的脸上立时渗出了汗珠，他喂我糖，给我买花花绿绿的贴纸，甚至用肩膀驮着我去看大牛家娶媳妇。我却丝毫不理会急得团团转的外公，自顾自地，张着大嘴号啕痛哭。

外婆一声不响地看着我，她悄悄走去了厨房，在那里叮叮当当地忙了起来。当我哭到荡气回肠之时，外婆也颠着小脚送出一碗面来。

一阵异香使我不由自主地停止了哭泣。

"吃吧，孩子。"她挑着面往我嘴里喂。

迟迟疑疑地，我咬了一小口。这的确是一小口，小小的嘴，轻轻地咬，但就是这一小口，却足以令我破涕为笑，我呔着舌头，响

226

响地嚼着面，双眼再也离不开那碗和筷子。

从此，每当我哭闹的时候，外婆总要做面给我吃。

我至今也无法知道外婆是如何将一碗普通的面做到如此好吃的。听外公说，外婆年轻时便长于做面，尤其是刀削面，更是出名的好吃。我曾亲眼见过外婆做面，那的确不是一般人可以做得来的。首先，你必须有一身的力气，否则，单是做面条的面你便揉不来。揉得小了，面软，刚一出锅便粘在一起，缩成一坨面糊，吃不出任何味来。外婆揉面的时候，总是用着全身的气力，使劲地压下去，又用力地揪上来……直到那面硬到当当响，外婆才去揭开那口特大号的铁锅。

削面更是一个细致活儿，完全可以用赏心悦目来形容。外婆把笨拙的菜刀灵巧地上下挥舞，飞动的刀片仿佛翻飞的蝶翅，刀刀都险险地擦过手指，却永远不会削上去，闪着寒光的刀口吞吐着粉白的玉片，飞花溅玉地落入滚开的水中，晶莹的水花落到锅沿上。外婆所用的汤料，不过是紫菜海米和葱姜蒜白之类，最多加一个鸡蛋，这一锅的鲜味儿就齐全。滚滚地煮一会儿，热热地捞上来，再浇一大勺油花儿四散的面汤，画龙点睛般地点几滴香油，无上的美味热气腾腾地横空出世了。

抱着外婆家特大号儿的海碗，一路倒着手到屋里去，趁热呼啦啦地吞一气，那滋味儿，玉帝都坐不稳。

举着那碗面，吧唧着嘴去逗邻家的狗子，是我那时最爱做的事了。

做得多了，死没出息的狗子就哭起来，这时候，慈爱的外婆便叫狗子进来，要我分一半给他吃。我若高兴，便挑几根给他，若是心里烦，我就把碗抱在怀里，死也不松手。笑眯眯的外婆也只好另做一碗来。

现在想起来，在外婆家的那几年，大约是我这几十年的生活中最幸福的时光了。

我一天天地长大了，外婆却日渐苍老起来。她挺直的腰杆弯了

227

下去，矫健的步伐也开始蹒跚，无法再时常做面给我吃了。我也渐渐懂事，不再缠着她要面吃。我不想看到她满头大汗地做面的样子，真的不想。

初中快毕业的时候，母亲要我回城去考高中。我不愿离开外婆，便处处躲着母亲。母亲无奈，只得叫外婆来劝我，外婆却一声不响，她佝偻着腰，一步一挪地去了厨房。

中午的时候，母亲喊我吃饭，我没有吱声，外公来叫，同样没有回答。直到外婆来了，我才磨蹭着走出门去。但我被惊呆了，我被桌子上满满的一锅面惊呆了。我回头看着外婆，外婆眼红红的。她捞了一大碗热气腾腾的面，细心地调上香油和醋，颤巍巍地递给我。

我无语，我知道外婆的意思，我只是低着头，大口地扒着面。饭后，母亲又小心翼翼地说要带我回去，我什么也没说。

回城的那一天，外婆挂着拐杖一直送我到村口。她死死地拉着我的手，丝毫不肯放松，外婆的手还是硬硬的，掌心却有些凉，不似以前的温暖。

班车来了，外婆猛地推开我的手，背过脸去。

我的泪早已蓄满眼眶，但我咬住了嘴唇，拼命地忍着。

车门打开了，我低着头冲上去，木然地坐在座位上，呆呆地看着自己的鞋尖。

车里空空的，像极了我的心。车子动了，飞滚的车轮将外婆远远地抛在后面。我再也无法忍受这感觉，急急地扭过头去。外婆的身影小小的，她挥着手，在脸上抹着什么。我的眼泪再也抑制不住，它自眼眶奔涌而出。

十几年过去了，外婆送我回城的情景，依然历历在目，记忆犹新。

去年春节，我去看外婆。得到消息的外婆早早便坐在村口的青石上等我，旁边站着我的小表弟，外婆的眼早已花了，她已看不清过往的行人。

看到我走出车门，小表弟拍着手叫外婆："姥姥，姥姥！表哥来了！"外婆颤颤地站起来，她拉住我的手，硬硬的手指去够我的头。

"俺家亮亮又长高了哩。"她咧开了空空的嘴。

外婆不知道，我已有很多年不长个儿了。她够不着我的头，只是因为她的腰越来越弯了。

我的心酸酸的。

到了家中，外婆放下拐杖就去做饭，谁也挡不住。不用说，她一定是去做刀削面了。幸好小姨已经把面做好，外婆只不过把面下到锅里，坐等面熟罢了。

好一会儿，被小表弟扶着的外婆才把面端到了屋里。"吃吧，孩子。"她把面递给我。

我吃了一口，愣住了，面是苦的。

外婆笑眯眯地说："听说你要来，俺一早儿就叫你姨做好了面。知道你口重，俺就多放了点盐。"外婆的手抖抖地指着柜子上的一个玻璃瓶。

我顺着外婆的手指望去，那哪里是什么盐，分明是满满的一瓶碱。

外婆真的老了！

我似乎应该说些什么，但我觉得我更应该保持沉默。

津津有味地，我把那面吃完。

亲情无价

亲情可以说是人世间最牢固的一种情感，即使经过岁月的无情冲刷，依然还保持着它独有的光泽。当这些满载情感的文字撞击着我们的心灵时，仿佛时间都停顿了，所有的感觉在一刹那间定格，所有的感动只化作对亲情的无限感慨。

看过这篇文章，我们不由得为外婆的爱而感动，当读到"外婆的身影小小的，她挥着手，在脸上抹着什么"时，我的眼泪也禁不

住肆意而下。当我们渐渐长大后，那种与外婆在一起的温馨感觉便只能在回忆里去寻找了，那些温存只能越走越远，那样的日子再也不会重来。无论是外婆还是奶奶，她们给我们的爱一点都不比父母少，这种血脉维系的亲情，经常谱写出感天动地的生命之歌。

故事中的外婆渐渐老去，年迈的她甚至分不清盐和碱，当那碗苦苦的面条放在"我"的面前时，我们不得不承认，外婆真的老了。但她的爱心没老，即使过去了那么多年，外婆依然记得刀削面能够带给"我"无限的幸福感觉。

外婆对我们的爱是无价的，从小到大，我们一直都在尽情地享用着，直到她从健步如飞走向风烛残年。不管岁月如何变迁，外婆对我们的爱丝毫都不曾减弱，在她的有生之际，让我们多去看望她老人家一次吧，再尝尝那发苦的刀削面，再多体会些人间的亲情，再多给外婆一些我们的爱！